NO FUNDO DO POÇO

NO FUNDO DO POÇO

BUCHI EMECHETA

5ª impressão

Tradução
Julia Dantas

Porto Alegre · São Paulo
2025

Copyright © 1972 Buchi Emecheta

CONSELHO EDITORIAL Gustavo Faraon e Rodrigo Rosp
CAPA E PROJETO GRÁFICO Luísa Zardo
REVISÃO DA TRADUÇÃO Hilton Lima
REVISÃO Fernanda Lisbôa e Rodrigo Rosp
FOTO DA AUTORA Valerie Wilmer

DADOS INTERNACIONAIS DE
CATALOGAÇÃO NA PUBLICAÇÃO (CIP)

E53f Emecheta, Buchi.
No fundo do poço / Buchi Emecheta; tradução
Julia Dantas — Porto Alegre: Dublinense, 2019.
192 p.; 21 cm.

ISBN: 978-85-8318-120-0

1. Literatura Africana 2. Romances Africanos.
I. Dantas, Julia. II. Título.

CDD 869.3

Catalogação na fonte:
Ginamara de Oliveira Lima (CRB 10/1204)

Todos os direitos desta edição
reservados à Editora Dublinense Ltda.

EDITORIAL
Av. Augusto Meyer, 163 sala 605
Auxiliadora • Porto Alegre • RS
contato@dublinense.com.br

COMERCIAL
(51) 3024-0787
comercial@dublinense.com.br

À memória de meu pai
JEREMY NWABUDIKE EMECHETA
Ferroviário e soldado do 14º exército na Birmânia

SUMÁRIO

1. Requisitos para o residencial — 9

2. A caminho do residencial — 17

3. Residencial Pussy Cat — 29

4. Batismo de socialização — 39

5. Visita ao Setor de Auxílios — 51

6. Mais feliz com o auxílio — 63

7. Dia de visita do Ministério — 73

8. Os moradores do poço — 83

9. É dia de pagamento   93

10. O Natal está chegando   107

11. Faxinas para o Natal   115

12. A revolta dos moradores do poço   131

13. À deriva   145

14. O fantasma do residencial   159

15. Nas caixas de fósforos   175

REQUISITOS PARA O RESIDENCIAL

P rimeiro foi um estalo, depois um estampido, e mais um estalo, um estampido, um esta..., Adah se levantou num susto e sentou na cavidade da grande cama de casal, que tinha um afundamento gradual, como um vale, que lhe conferia um aspecto de U. Em ambos os lados de Adah, o colchão subia gentilmente, como se dois planaltos a abrigassem num vale oco. Os estalos e estampidos soaram novamente, e ela agarrou sua bebê de quatro meses do moisés. O moisés repousava sobre um dos planaltos.

A bebê sonolenta ficou zangada, seu rostinho retorcido de raiva. Adah segurou o embrulho úmido contra o peito e olhou para seu companheiro de quarto, o Grande Rato. A essa altura, o rato já estava acostumado com o medo de Adah. Ele há muito sentira que ela ficava apavorada por causa de seus olhos afiados e penetrantes, sua longa boca e seu grande corpo marrom. Ele ficou ali, tranquilo, mas vigilante, perguntando-se o que Adah estava aprontando agora.

Ela sempre tinha medo demais para gritar. A boca ficava seca e ela tinha medo demais até para se mover. O rato se entediou de observá-la e começou a pular de uma mesa para outra, aproveitando alegremente sua brincadeira noturna. Os olhos de Adah seguiram os movimentos na penumbra da luz de velas, depois ela esticou o braço, com cuidado e sem ruídos, até a pequena escrivaninha perto da grande cama, pegou um dos livros da biblioteca que ela tinha empilhado na mesa, mirou com cuidado no rato saltitante e atirou. O rato, dessa vez, se assustou. Ele correu direto para o guarda-roupa quebrado no canto do quarto, o que perturbou um grupo de baratas adormecidas. Uma das baratas apavoradas correu para o vale de Adah em busca de proteção maternal. Ela tinha sido avisada na semana anterior que o Conselho logo os acomodaria em outra casa.

Devolveu a bebê ao moisés, mas não ousou dormir de novo. Estava feliz com sua vitória contra o rato; pelo menos agora poderia ter um pouco de paz por algumas noites. Outro som de golpe veio da rua e abalou seus pensamentos felizes. "Ah, de novo não", ela lamentou sozinha, quase às lágrimas.

Dessa vez era o senhorio. Fazia muito tempo que ele dera o aviso-prévio para que Adah saísse do prédio com seus cinco filhos. Mas, infelizmente para Adah, ela era negra, separada do marido e com cinco crianças menores de seis anos: poucos senhorios cogitariam aceitar alguém como ela em suas casas.

O senhorio atual, um nigeriano como ela própria, ciente das dificuldades de Adah, estava tirando o máximo de vantagem da situação, é claro. O aluguel que ele cobrava era o dobro do que normalmente se pedia nos quartos de casas desse tipo. Agora ele queria que ela fosse embora porque ela teve a insolência de pedir que ele fizesse alguma coisa quanto aos ratos, às baratas e à sujeira. Como ele não fizera nada, ela fora à prefeitura e, por não haver nenhum outro lugar onde ela pudesse morar no momento, o Conselho interveio. Eles pediram alguns consertos ao senhorio e ainda lhe disseram para dar a Adah comprovantes de pagamento.

Dar a Adah comprovantes de pagamento causaria problemas para ele, pois, por ser um inquilino do município, ele tinha mentido para as autoridades que Adah era sua parente e apenas uma hóspede. Ele implorara a Adah para que ela retirasse sua solicitação de apartamento do Conselho, mas era tarde demais. Enquanto isso, havia muitas coisas que ele podia fazer para tornar a vida dela insuportável. Ele vociferava contra as crianças ao ouvir o menor ruído infantil, e isso acontecia com tal frequência que um de seus meninos fugia quando enxergava qualquer homem negro, e ela nem pensava em deixar os filhos sozinhos no apartamento por medo do que poderia acontecer. Ela também não podia deixar comida nem bebidas na imunda cozinha compartilhada por medo de contaminação. Toda a comida deles tinha que ser mantida debaixo da cama, então não era surpresa alguma que o número de ratos tivesse aumentado. O homem estava desesperado e nada o fazia parar. Ele tinha cortado a eletricidade, então ela precisava manter uma vela acesa a noite inteira, consciente do terrível risco de incêndio com as crianças, mas ainda com mais medo dos acidentes que poderiam ocorrer na completa escuridão. Só que agora havia algo novo: ele estava praticando magia.

O pobre homem, em vez de dormir como todo mundo, acordava cedíssimo de manhã, por volta das três ou quatro horas, se enrolava em coloridos tecidos africanos — como fazem os mascarados praticantes de juju em Lagos — e começava a se mover para lá e para cá conforme a melodia de canções lamuriosas em tom profundo. Quando Adah viu essa imagem pela primeira vez, não acreditou nos próprios olhos. Estava prestes a gritar, mas, ao olhar mais de perto e perceber que era apenas o senhorio, tudo o que pôde sentir por ele foi pena e desprezo. Adah sentia mais medo do rato do que do senhorio do juju.

Naquela manhã, ela simplesmente olhara para ele, sem saber o que fazer em seguida; então, contente, decidiu cantar junto as músicas que, é claro, ela conhecia desde a infância. Por que não sentia medo?, ela se perguntava. Seria porque aqui na Inglaterra a cabeça estava sempre cheia de preocupações com as coisas que realmente importavam? Mas juju com certeza importava para ela em casa, na Nigéria; lá, uma cena dessas no meio da noite poderia até resultar em morte para alguns. Provavelmente, ela pensou, era porque lá esse era o costume, a norma, e no que todo mundo acreditava. As pessoas não apenas acreditavam em juju, como tais crenças tinham sido internalizadas, e ninguém cogitaria pensar diferente. Mas aqui, no noroeste de Londres, como ela poderia pensar no pequeno homem que era tão familiar para ela durante o dia, em seu terno social usado e oleoso, como um curandeiro? Ela ouvira boatos e lera nos jornais sobre outros africanos em Londres serem "aterrorizados" por juju. *Mas sou forte e livre*, ela pensou, *livre*, repetiu para si mesma. Na Inglaterra, ela era livre para manter seu emprego, manter as crianças, seguir seus estudos; ela se sentiu segura para ignorar o homem do juju e seus truques. Não, as armadilhas do juju não funcionariam na Inglaterra, estavam fora de lugar, em terra estrangeira. Ora essa, juju na Inglaterra, onde se está cercado por muros de descrença!

Nessa manhã específica, o senhorio ou tinha dormido tarde ou estava muito cansado, ou ambos, pois Adah logo ouviu o furgão do leiteiro chacoalhar na rua; deviam ser seis da manhã. A senhora Devlin, a irlandesa que vivia no apartamento de cima, desceu devagar com suas garrafas vazias tilintando, o leiteiro subia a rua com seu assobio faceiro, e o senhorio estava de pé na calçada, justo na altura da janela do térreo de Adah, como uma estátua, apreensivo com o tilintar e o assobio. Adah observou pela janela, fascinada. O que aconteceria agora?, se perguntou.

A senhora Devlin deu um grito tal que o pobre leiteiro teve que se encostar contra o furgão para ter apoio. O senhorio não podia empurrar a velha senhora para longe, pois ela bloqueava a única porta de entrada para a casa. Ele não sabia sequer como começar a explicar o que estivera fazendo e encarou todos eles, seus olhos com uma aparência ridiculamente branca na sua cara negra. Adah não queria perder o espetáculo, então, amarrando uma lappa sobre sua camisola, saiu. A esposa do senhorio também foi para fora, assim como outros nigerianos que moravam na mesma rua. Como poderia o senhorio explicar a esse grupo de londrinos por que motivo, a essa hora da manhã, ele tinha amarrado um tecido vermelho em torno de seu corpo nu e acomodado uma pena de avestruz na parte de trás da cabeça, parecendo a eles um índio de televisão que bebera demais?

O leiteiro fixou o olhar sobre ele, exigindo em silêncio uma explicação. O rosto da senhoria era outro quadro. Ainda estava sem maquiagem e ainda tinha os cabelos trançados (como muitas mulheres africanas, ela "trançava" o cabelo antes de ir para a cama, em pequenas pregas, para que, quando a trança fosse retirada, o cabelo caísse em belas espirais ao invés de se espetar para fora) e, na pressa, ela não lembrara de se cobrir com uma peruca. A senhora Devlin, que matinha boas relações e uma boa vizinhança com Adah, parecia suplicante por uma explicação. Apenas então o rosto da senhoria se voltou a Adah, pedindo, sem palavras, *por favor, não diga nada, por favor, não*.

Adah começou a olhar para o teto da entrada a fim de evitar a visão de outros rostos. Pensou na imagem que eles, os nigerianos, deviam passar para os vizinhos. As tranças na cabeça da senhoria certamente lembravam a qualquer estrangeiro as ilustrações de demônios negros que conheciam da infância, pois suas tranças se erguiam retas, como quatro chifres. O senhorio com a pena parecia o ajudante do Diabo. Adah também fazia parte do retrato. Sua lappa estampada com amarelo e vermelho fornecia um bom cenário de fundo.

Esses ilustradores que se explodam! Quem disse a eles que o Diabo era negro? Quem disse a eles que os anjos eram sempre brancos? Nunca pensaram que poderia haver anjos negros e um diabo branco?

O leiteiro foi o primeiro a se recuperar do choque. "Você estava indo para o quarto *dela*?", ele perguntou, deliberadamente, com um tom de acusação em cada palavra, apontando para o quarto de Adah.

Adah não fez nada para ajudar no dilema do senhorio, mas já se arrependia de ter saído de casa para começar. Ela não sabia por que estava tão ávida por manter o segredo do senhorio. Patriotismo? Afinal, ninguém gosta de ter sua roupa suja lavada em público. Acontecesse o que acontecesse, eles eram originalmente do mesmo país, da mesma cor, ambos presos na rede emaranhada de uma sociedade industrial. Ele queria ganhar dinheiro com sua casa para pagar pelos próprios estudos, Adah queria o benefício justo pelo aluguel que pagava. No país deles, a situação sequer teria ocorrido. O povo igbo raramente se separava de seus maridos após o nascimento de cinco crianças. Mas, na Inglaterra, tudo podia ser tentando, e até feito. Era um país livre.

A senhoria começou a dar uma bronca no seu marido em iorubá. Os outros nigerianos concordavam com ela. Por que ele deveria tomar para si a tarefa de assustar uma mulher solitária? Ele não temia a Deus? Toda a raça dos homens era de bestas. Ela sempre dissera isso; na verdade, sua mãe lhe dissera em casa quando ela era pequena. O senhorio fizera papel de bobo. Só Deus sabia o que os brancos iam fazer.

Para Adah, a senhoria não disse nada, mas seu discurso franco significava um pedido de desculpas. Era muito engraçado, na verdade, porque todo mundo sabia que tudo que o senhorio fizera tinha sido planejado pelos dois.

Quando a senhoria começou seu discurso no idioma iorubá, que Adah entendia perfeitamente, os brancos começaram a se afastar. O leiteiro disse alguns palavrões, assim como a senhora Devlin e seus dois filhos, que agora já tinham se unido à festa. A senhora Devlin iria à "prefeitura, na segunda-feira".

A CAMINHO DO RESIDENCIAL

Após uma noite fria e chuvosa, o dia estava quente. Era o início da primavera. Adah encontrou espaço num banco ao lado de duas mulheres que conversavam sobre a morte e se sentou. Parecia muito estranho conversar sobre a morte numa tarde tão bonita e num parque tão bonito. Ela olhou para as duas mulheres por um momento e decidiu que o dia estava fresco, puro e adorável demais para ouvir conversa de morte. O céu azul estava generosamente pontilhado por nuvens brancas. Os apartamentos em frente tinham jardineiras exibindo arbustos com as primeiras flores. Havia narcisos por todos os lados. Narcisos no parque, narcisos nos jardins e quintais das casas, narcisos margeando os caminhos do parque, todos plantados com o tipo de descuido que tinha um toque calculado.

Ela inalou o ar puro e fresco ao seu redor e murmurou baixinho "estou tão feliz que poderia explodir". Um grupo de pombos bamboleou até ela enquanto ela desempacotava seu sanduíche de peixe. Ela partiu uma fatia de pão em pedaços e jogou para eles, que bicaram as migalhas agitadamente. Por que os pombos sempre sentiam fome? Comer tão rápido como eles devia dar uma dor de estômago.

Era sexta-feira, seu dia de meio turno. Ela comeria o sanduíche e passaria umas horinhas na biblioteca, depois cozinharia e depois, sabe-se lá, limparia o apartamento e iria para a cama.

Mas o mormaço do sol a acariciava e, depois do tipo de noite que ela vinha tendo ultimamente, a tentação de cochilar era forte demais. A última gota de resistência ao sono se perdeu quando as duas mulheres falando sobre morte decidiram ir embora. Então ela podia roncar se quisesse.

Os africanos dizem que é possível ter quatro estações em um só dia na Inglaterra e, de fato, quando Adah acordou, poderia ser um dia de inverno. O parque estava vazio, até os pombos tinham se abrigado da chuva gelada. Ela se levantou rapidamente, olhou para o relógio na torre e percebeu que dormira as duas horas que tinha reservado para ler. Sem problemas... ela tinha suficiente ar fresco nos pulmões para encarar seu apartamento sufocante. Apressou-se até a casa.

A senhora Devlin estava na porta da casa quando ela chegou. Conversava animadamente com uma amiga, a senhora Marshall, que, como de costume, segurava a guia de seu cachorro preto. As duas mulheres se viraram para olhar na direção de Adah quando a viram se aproximar. Ela tinha certeza de que ainda estavam falando do episódio do juju, que fora tão aumentado e apimentado que ela já figurava como a heroína de uma história um tanto dramática. Mas heroínas, sendo humanas como todo mundo, se cansam de elogios. Como não estava no clima para ouvir mais novas versões do episódio do juju, ela decidiu passar correndo, sem cumprimentar, e ir direto à creche.

"Ei, o que você acha que está fazendo? Vem cá, temos boas notícias".

Adah imaginou que boas notícias poderia haver para ela. Ela raramente recebia qualquer notícia, boas notícias então... Bem, talvez ela devesse escutar.

"Conseguiram um apartamento para você. O administrador veio aqui um minuto atrás, ele disse que voltava em trinta minutos para ver se você tinha voltado".

"Eu? Um apartamento do Conselho para mim? Tem certeza de que ele estava procurando por mim? Não posso acreditar. Tem certeza? Quer dizer...". Adah estava ficando incoerente de emoção. Sua voz saía baixa e nervosa.

"Sim, é claro, querida, ele veio atrás de você. Adah, querida, não chore, vai ficar tudo bem agora. Ele volta logo", a senhora Devlin garantiu.

Adah não percebeu que seus olhos estavam lacrimejando. Ela limpou o rosto, espiou a face magra da senhora Marshall para ter certeza de que não estava sonhando e, como resposta, a senhora Marshall puxou o cachorro para si, sacudindo a cabeça. "É verdade, é verdade".

Sim, devia ser verdade, mas ela ainda tinha que buscar os bebês na creche. O dia estava bom demais para ser arruinado pela raiva da enfermeira. A enfermeira da creche de seus filhos tinha se tornado uma amiga, mas era muito exigente com a pontualidade. Ela nunca escondeu o fato de que também tinha seus próprios filhos, que esperavam por ela em casa. Então pedia-se às mães que buscassem os bebês no horário. Apesar de estar tão feliz com o anúncio da senhora Devlin, apesar de estar morrendo de vontade de ver o administrador e pegar os detalhes, ela preferia correr o risco de perder tudo isso do que o de enfrentar uma enfermeira furiosa. A enfermeira tinha uma raiva assustadora, como tinha.

Em voz alta, disse: "Preciso buscar as crianças antes, ou vou ser xingada pela enfermeira".

"Tudo bem, você corre e busca as crianças; nós esperamos até ele chegar. Estou tão feliz por você".

Ela agradeceu à senhora Devlin e correu animada para a creche. Pegou a bebê do carrinho onde fora colocada, no quarto limpo como um hospital. O cômodo dos bebês era pintado de azul com ursinhos azuis e rosas desenhados em todos os móveis azuis. Até as mamadeiras tinham desenhos de ursinhos. Bebês de apenas quatro meses podiam mesmo notar todos aqueles ursinhos, ou os ursinhos eram para agradar as enfermeiras rechonchudas de rostos felizes e sorrisos fixos? Sua bebê estava balbuciando para o nada dentro do carrinho. Ela até deu um sorriso de reconhecimento quando viu a mãe. Adah não tinha muito tempo para falar com a bebê como deveria. Ela tinha demorado bastante para aprender esse ritual de falar com um bebê que ou não entendia ou não era capaz de saber o que fazer com aquilo que ouvia. Na Inglaterra eles diziam que era muito bom tagarelar com seus filhos, mesmo quando ele ainda tivesse horas de vida, então ela também começou a fazer isso, mas só quando ninguém do seu povo estava por perto. Eles poderiam muito bem tomá-la por uma bruxa, falando com alguém que não respondia.

No quarto dos bebês que começavam a caminhar, havia sempre barulho e algazarra. Vozes estridentes, repetitivas e enervantes cortavam o ar. As enfermeiras vestidas em seus disformes macacões floridos se movimentavam no meio da confusão, alternadamente acalmando, separando, gritando e rindo. O chão estava repleto de bagunça das crianças. Brinquedos de todos os formatos — cangurus, lagartos, patos —, todos os tipos. Alguns eram muito bons, macios, de pelúcia, mas, na maioria dos casos, os diabinhos preferiam jogá-los uns nos outros em vez de brincar.

Uma das enfermeiras, ao ver Adah, fez várias tentativas de chamar os filhos dela para longe da confusão, mas as crianças achavam engraçado fingir que não a ouviam. Adah, incomodada, marchou para dentro da bagunça, puxou pelo colarinho Bubu, um de seus dois meninos, mas ele se sacudiu para se afastar e ela teve que deixá-lo ir por medo de derrubar a bebê. Triunfante, Bubu riu e convidou sua mãe "me pega, mamãe, você não consegue me pegar, não consegue". Para a sorte de Adah, uma enfermeira a viu em apuros e, marchando como uma sargento-mor, pegou Bubu e sua irmã mais nova, Dada, pela mão e levou-os até o vestiário, onde estavam seus casacos. As crianças protestaram ferozmente, "não quero ir para casa, quero brincar".

"Vocês vão voltar amanhã e se o tempo estiver bom, nós vamos ao parque, vamos pegar o ônibus, nós...", a enfermeira falou e falou, contando o que eles fariam "amanhã". Para crianças, o amanhã é sempre daqui a muito tempo, e eles mal lembrariam do que a enfermeira tinha dito no dia anterior. Ela continuou falando suavemente, no tom adocicado que algumas pessoas reservam para as crianças. Em algum momento eles enfim saíram da creche.

A próxima briga era sobre quem ficaria à direita ou à esquerda do moisés da bebê. Bubu disse que tinha ficado à direita do moisés naquela manhã e agora ficaria do lado esquerdo. Dada disse que ela escolhera a esquerda antes e não ia abrir mão. Ela parecia determinada, apertando o lado almejado com suas mãos pequeninhas, apoiando a cabeça contra o moisés. Bubu tentou puxá-la para longe, e Adah mandou que ele parasse. "Amanhã você fica do lado esquerdo". Bubu se tranquilizou, especialmente quando Adah concordou com ele que Dada era uma garota malcriada e não ganharia doces no dia seguinte.

Ela se apressou a levá-los para casa o mais rápido possível nas circunstâncias. Entrando na sua rua, ela pôde ver que o homem já estava esperando por ela. Acelerou o passo e as crianças ao seu lado começaram a trotar, como cavalos, suas luvas soltas balançando sem vida penduradas nas mangas dos casacos.

O homem que a esperava tinha trinta e poucos anos, com uma barriga levemente protuberante. Para ter uma barriga dessas ele deve tomar cuidado com a dieta, a cerveja...

"Olá", ela disse sem fôlego.

O homem pareceu indeciso quanto a que fazer então. Ele usava óculos, seu sobretudo cinza estava desabotoado, revelando uma camisa muito limpa. Os óculos lhe davam uma aparência altamente inteligente, mas ele estragava o efeito ao manter a boca aberta a maior parte do tempo. Com a boca aberta daquele jeito, ele parecia simultaneamente inteligente e burro.

Ele decidiu ir direto ao ponto.

"Você é a senhora Obi?".

"Claro".

Ela se perguntou por que profissionais fazem esse tipo de pergunta. O que exatamente ela deveria fazer, usar um rótulo? Claro que ela era a senhora Obi. Ela estava começando a odiar o suspense.

"Você tem um apartamento para mim?", ela já esperava o pior. O homem agora conseguiu parecer tanto um esperto detetive à paisana quanto um mero balconista.

Ele limpou a garganta. Não havia nada a ser limpo — ele só estava envergonhado ou algo assim.

"Sim, temos uma acomodação temporária para você no Residencial Pussy, não muito longe, dobrando a esquina".

"Ora essa, isso não é justo", gritou a senhora Devlin. "Por que você coloca uma garota como ela num lugar tão desolado? Os

23

filhos dela são muito pequenos, e ela trabalha duro. Não é nada justo. Se é assim, poderia muito bem ficar onde já está!".
"Quê?", gritou Adah, pensando se a senhora Devlin teria enlouquecido. "Ficar aqui? Você deve estar brincando. Qualquer buraco é melhor que essa sujeira".

Isso agradou o homem de sobretudo cinza, e ele lançou um olhar de por-que-você-não-cala-a-boca para a senhora Devlin, que seguiu protestando.

"É um lugar barra-pesada para colocar uma garota como essa".

O homem de casaco cinza sentiu que deveria oferecer uma explicação, já que Adah começava a olhar para ele com desconfiança.

"Veja bem, temos que reacomodar você muito rápido, porque soubemos o tipo de experiência ruim a que está sendo sujeitada e concluímos que este lugar não é muito seguro para os seus filhos. Você ficará no residencial por pouco tempo — apenas um arranjo temporário, nada permanente mesmo. Claro que você pode rejeitar a oferta se não for do seu agrado".

Ele começou a balançar duas chaves na frente do rosto de Adah como se a seduzisse. "É pegar ou largar!", sua atitude parecia dizer.

As abotoaduras da sua camisa eram de ouro verdadeiro, e seu relógio de pulso também era dourado. Ele provavelmente era o administrador mesmo. As chaves seguiam balançando à sua frente. Será que ela deveria recusar a oferta para poupar a senhora Devlin da humilhação de ser esnobada? Será que deveria aceitar a oferta só para sair da situação opressiva em que se encontrava?

Pobre senhora Devlin, você não sabe os medos arrebatadores que sinto toda vez que deixo meus filhos em casa para ir fazer compras, você não sabe como é perceber que todas as suas cartas são abertas e lidas antes de chegar às suas mãos, e você não pode nem sonhar a independência que é ter sua própria porta da frente, seu próprio banheiro com chuveiro, só para você e sua família.

Os sentimentos dela eram transparentes, e a senhora Devlin começou a se arrastar para dentro de casa. Adah tomou as chaves do homem rapidamente. A boca dele se abriu ainda mais com a surpresa. Ele se aprumou com um pulinho e disse "você nos avisa amanhã se vai aceitar, não é, para que o apartamento possa ser redecorado para você?".

Adah precisara de nove meses indo à corte de justiça, escrevendo cartas e visitando o tribunal para conseguir isso. Agora esse homem queria que ela aprovasse antes e depois esperasse pela decoração antes de se mudar, ele só podia estar louco. "Vou me mudar hoje à noite!".

"Como?", o homem se sobressaltou e ficou alerta como se batesse uma continência. "A senhora tem certeza? Não queremos lhe apressar, e nós sempre queremos que nossos inquilinos se mudem para apartamentos limpos, sabe, nós podemos fazer isso por você".

"Alguma lei me proíbe de me mudar ainda hoje? Tem alguma lei proibindo você e seus funcionários de decorar quando já estivermos morando lá?".

"Claro que não, senhora". O homem começou a espiar por cima do próprio ombro como se estivesse prestes a vender mercadoria roubada. "Nesse caso, bem, eu lhe desejo uma feliz estadia no residencial. É... se quiser alguma coisa, faremos o melhor possível. Adeus".

Ele se virou, caminhou rápido até dobrar a esquina e desapareceu, deixando Adah com as chaves e um vazio no estômago, como se não comesse há dias. Ela ia aceitar o apartamento e se mudar desse lugar horrível. Ela não estava nem aí se isso ofendia uma amiga como a senhora Devlin: tratava-se da sua vida. Por que as pessoas não podiam deixá-la cometer seus próprios erros? Ela ia aceitar o apartamento. Ela precisava se mudar, e se mudar naquela mesma noite.

Depois de buscar suas filhas mais velhas na escola, Adah evitou a senhora Devlin pelo resto da noite. Ela não queria demonstrar sua alegria, assim o senhorio e a senhoria não adivinhariam que ela estava tramando alguma coisa. Com animação contida, ela contou aos seus filhos, os que eram velhos o bastante para entender. "Não acreditamos", eles disseram em coro. Ela correu até a banca de revistas da esquina, e o homem aceitou mover suas poucas posses para o residencial por trinta xelins. Foi só então que ela

25

se deu conta de que nem havia visto o apartamento. Ela acelerou o passo pelas ruas até o prédio. Então esse era o condomínio. A parte externa parecia uma prisão, tijolos vermelhos com minúsculas janelas amarelas. O formato do bloco era um quadrado, com aquelas janelinhas espreitando as ruas. O prédio parecia confiável, sólido. O exterior não era muito animador, mas ela não podia se desesperar. Deu a volta em círculos procurando por uma entrada. Quando encontrou, era tão escura que ela não teve certeza se não estava caminhando para dentro de uma caverna. Emergiu num espaço aberto, com uma multidão de crianças brincando. Ela olhou para os lados, sentindo-se perdida. Viu um garotinho com uma cara amigável e perguntou a ele onde ficava o apartamento número X.

O menino olhou para ela e disse "eles se mudaram ontem, foram para Hampstead".

Adah agradeceu e disse que ela ia ser a nova inquilina, perguntando a ele se poderia, por favor, mostrar onde ficava o apartamento. O menino não pareceu muito contente com o pedido. Pareceu refletir por um momento, encolheu seus pequenos ombros como quem diz "no fim das contas, o que será, será". Levantou-se sem vontade e subiu com Adah o que pareceram para ela dez lances de degraus. Ela nunca subira degraus de pedras tão íngremes na vida, ainda mais naquela velocidade.

Quando chegaram ao topo, o menino apontou para uma porta ao lado de uma lixeira escancarada. "Ali está". Ele esperou que Adah abrisse a porta. Quando ela o fez, o menino espiou para dentro apenas uma vez e saiu correndo, a mente dele já estava preocupada com outra coisa.

Adah entrou, a princípio cautelosa, inspecionando um cômodo após o outro. Não era nada mau comparado ao que ela tinha. Ela ficou muito feliz com o banheiro, especialmente. Todos esses cômodos só para ela: bom, Deus era maravilhoso. Ele ouvira suas preces. Ah, sim, eles iam passar a noite aqui. Ela desceu as escadas rapidamente, correu para a velha casa, chamando o homem da banca de revistas no caminho, recolheu suas tralhas e, duas horas depois, era uma inquilina do residencial.

Naquela primeira noite, eles não tinham camas, nem cortinas, nem tapetes, mas Adah deu seu jeito com um aquecedor a óleo e montes de velhos cobertores e lençóis. Havia três coisas importantes que ela sabia ter adquirido naquela noite: sua independência, sua liberdade e paz de espírito.

RESIDENCIAL
PUSSY CAT

O Residencial Pussy Cat estava construído ao redor de um grande pátio. Adah chamava o espaço aberto de pátio, lembrando-se da África. A conselheira familiar, que ela conheceu mais tarde, usou a palavra pátio para a área aberta. Era um espaço para o qual todas as portas da frente se abriam. No centro do pátio, ficavam algumas construções em estado crítico. Os amigos africanos de Adah chamavam essas casinhas de "casa do homem do juju". Quando a esposa do pároco a visitou, ela disse a Adah: "Essas casas parecem um monastério". Mas a diaconisa disse que elas pareciam mais um necrotério. Originalmente, o arquiteto pretendia que elas fossem usadas como galpões para bicicletas e carrinhos de bebês, mas, quando Adah se mudou para o residencial, os abrigos tinham se deteriorado tanto que poucas mães cogitariam colocar seus carrinhos lá dentro.

As crianças do residencial decidiram dar um melhor uso a essas construções decadentes. Eles resgatavam qualquer parte de velhos móveis, qualquer pedaço de roupas velhas ou qualquer tipo de coisa que eles gostassem nos depósitos de lixo e os colocavam nas casinhas. As casinhas acabavam mais com a aparência de um santuário hippie do que a de qualquer outra coisa.

Havia quase cento e quarenta apartamentos no residencial. Os apartamentos do térreo eram quase todos de um dormitório, para pessoas velhas e doentes. O arranjo era perfeito, já que a maioria dos idosos no residencial recebia carrinhos de refeições trazidos por assistentes sociais que então não precisavam subir aquelas escadas sem fim. A única desvantagem eram as crianças do residencial.

O espaço aberto era usado por elas como parque de diversões e, nas tardes de verão, parecia um circo. Meninas e meninos mais velhos andavam de bicicleta em torno das casinhas, os cachorros latindo e uivando atrás das rodas; alguns garotos jogavam partidas organizadas de futebol, enquanto muitos outros apenas se distraíam jogando aleatoriamente para o alto bolas, garrafas de leite quebradas e pedras. Claro que os idosos do térreo em geral eram as vítimas do barulho, dos lançamentos de pedras e dos latidos de cães. Não havia muito que eles pudessem fazer a respeito, então apenas aceitavam as coisas como eram. Provavelmente o pessoal de idade se consolava com o fato de que, afinal, não lhes restava muito tempo para viver. Para evitar acidentes desnecessários, a maioria de suas janelas tinha arame farpado, bem como as janelas de assassinos à espera da execução nas prisões. O arame farpado era colocado para proteger o vidro das bolas jogadas pelos garotos, mas a imagem que ele passava era de condenação, desprezo e morte, de tão impessoal e sujo que parecia.

As escadas que levavam aos apartamentos de cima eram de pedra cinza e eram tão íngremes que Adah e seus filhos precisaram de semanas para se acostumarem. Elas estavam sempre fedidas, com um cheiro penetrante de banheiro. A maioria dos depósitos de lixo ao longo das escadas e das varandas estavam sempre transbordando e abertos, com seu conteúdo contribuindo para o fedor. As paredes ao longo dos degraus íngremes eram feitas daqueles tijolos brilhantes e impessoais, ainda vistos em antigas estações de metrô, mas que se pareciam ainda mais aos que Adah tinha visto em filmes sobre prisões. As janelas eram pequenas, assim como as portas. A maioria dos apartamentos eram escuros, em solidariedade à escura atmosfera. Ah, sim, o residencial era um lugar único, um espaço reservado para "famílias-problema". Famílias-problema com problemas reais eram colocadas num espaço de problemas. Então, mesmo se alguém morasse no residencial e não tivesse problemas, o cenário criaria problemas — aos montes.

Os problemas de Adah eram muitos. Por exemplo, estudar, manter o emprego e cuidar das crianças. Cuidar dos filhos era um dos problemas criados pela configuração do residencial. No velho lugar, seu medo era de que o senhorio pudesse machucá-los. No residencial, o medo era diferente: ofender os vizinhos.

As paredes que separavam os apartamentos eram tão finas que se podia ouvir o vizinho ao lado tossir. Em tal situação, como uma mulher solteira poderia impedir que quatro crianças ativas e uma bebê chorona incomodassem os vizinhos?

Três dias depois que ela se mudou para o residencial, um homem, um homem muito furioso ainda que realmente muito pequeno, bateu à sua porta. Ela ficou tão surpresa com o ímpeto das batidas que foi à porta da frente com uma carranca no rosto. Ela cambaleou para trás diante da voz do homenzinho, a voz era tão forte que ela se sentiu tentada a procurar atrás dele por um outro dono daquela voz. Era tão inacreditável, uma voz tão alta em um homem tão pequeno. Alguém disse em algum lugar que a Mãe Natureza é sempre lógica. Bom, com esse Sr. Pequeno ela tinha calculado mal.

"Olha!", ele trovejou, sem se dar o trabalho de se apresentar ou pedir licença. "Olha, eu não me importo com a sua cor!".

Adah deu um pulo. Cor, de que cor ele estava falando? Ela nunca tinha visto o Sr. Pequeno antes, a que cor ele se referia? Bom, a natureza humana sendo como é, Adah olhou para a cor do dorso da sua mão; bom, está bem, o Sr. Pequeno não se incomodava com a cor marrom, que mais? Com o que mais ele não se incomodava? Os olhos do Sr. Pequeno seguiram os movimentos dela e sorriram. Feliz. Ele tinha colocado Adah no lugar dela. Uma pessoa negra precisa sempre ter um lugar, uma pessoa branca já tinha um de nascença.

"Meu bebê tem apenas três semanas de vida", ele continuou. "Você e seus filhos não deixaram ele dormir a noite inteira. O que pensam que estão fazendo, hein? E você caminhando por aí com coturnos de exército. Não vou aceitar isso, estou avisando".

Adah ficou confusa. Ela tentou elaborar a discussão na cabeça dela. Mas dois pontos não se encaixavam. Um era a sua cor, com a qual o Sr. Pequeno não se incomodava, e o segundo eram os coturnos. Então ela perguntou "tem certeza de que ouviu coturnos

durante a noite. Veja, aqui não há nenhum homem e eu não uso coturnos de exército porque, veja, eu nunca estive no exército".
O Sr. Pequeno ficou histérico e sua esposa igualmente pequena se juntou a ele. Aparentemente, desde que Adah e seus filhos se mudaram para o residencial, a família Pequeno nunca mais teve um momento de paz. Isso foi dito pela mãe do Sr. Pequeno, uma pequena mulher de cabelos brancos e brancos bigodes. Adah sabia que discutir a levaria a uma batalha perdida. Ela ouviu a explicação da Vovó Pequena de que o Sr. Pequeno tinha nascido no residencial, e a Sra. Pequena também tinha nascido no residencial, no apartamento bem em frente. Adah entendeu a mensagem, ela estava lidando com O Sistema, um dos clãs originais do residencial que moravam lá há trinta anos. Ela estava sendo avisada para cuidar seus modos, porque o Conselho ia preferir ouvir os relatos dos cidadãos veteranos do residencial do que a história de uma recém-chegada. Seria um caso de uma versão contra a outra.

"Sinto muito pelo incômodo. Vou dizer às crianças que façam menos barulho". Esse foi seu primeiro erro. No residencial, não era normal pedir desculpas. Mesmo quem fosse pego roubando, deveria discutir até se sair bem. Se as discussões falhavam, sempre dava para brigar e se livrar de qualquer confusão. Pedir desculpas era como assinar uma sentença de morte. Era sinal de fraqueza. Era um convite para que a outra pessoa vencesse e oprimisse.

Os Pequenos pareceram felizes ao mostrar a Adah seu novo bebê. Então o homem de Adah a havia abandonado? Eles estalaram as línguas em solidariedade. Claro que ela sempre poderia lhes pedir qualquer ajuda. Eles estavam sempre dispostos a ajudar.

Os Pequenos eram uma das poucas famílias no residencial que começaram pobres e acabaram ricas — ricas para os padrões do residencial, pelo menos. Havia a Vovó Pequena, que viera para o residencial como viúva trinta anos antes com seis filhos. A maioria deles tinha se casado e ido embora, deixando o Sr. Pequeno e sua bela esposa. O Sr. Pequeno trabalhava como encanador para o Conselho e, conforme a tradição, era muito trabalhador, e a família, por consequência, rica. Eles compravam tudo numa loja conhecida e queriam que a ralé — as habituais mães solteiras, ou a esposa de "Bill, que foi preso esses dias" — soubesse que eles eram de uma classe mais alta.

Adah sabia que disputar com esse tipo de gente seria inútil, então decidiu se tornar amiga. Mas como podia se tornar amiga de alguém que se achava superior, mais rico e feito a partir de um barro melhor? Ainda assim, ela estava determinada a tentar.

Um dos métodos que ela achou muito produtivo para criar amizades na Inglaterra era fingir ser burra. Afinal, se alguém fosse negro e burro, estava conforme o esperado pela sociedade. Ela com certeza ia tentar isso com os Pequenos.

Sua oportunidade surgiu no dia seguinte. Estava muito úmido, e ela estava começando a perceber como os apartamentos do residencial podiam ficar abafados. Alguns homens estavam entregando o carvão coque coalite e, ao ver que os Pequenos estavam comprando um pouco, ela pensou em comprar também. Ela pensou que coalite seria fácil de acender. Tentou e tentou, mas o coalite não queimava. Ela sabia que podia colocar parafina por cima e o fogo começaria rápido, mas ela não sabia se isso não poderia começar um incêndio incontrolável.

Com os olhos marejados pela fumaça e as mãos pretas do coalite, ela saiu para a varanda e, por sorte, a Vovó Pequena estava por ali.

"Por favor, como acendo o coalite? Não estou conseguindo acertar". A Vovó Pequena se virou para encará-la, tinha os olhos injetados. Imediatamente, Adah se arrependeu de seu gesto impulsivo. Deveria ter ficado dentro de casa, deveria ter continuado tentando até conseguir. Agora ela não podia voltar atrás sem parecer excêntrica. Então ela repetiu o pedido, agora com uma voz desnecessariamente alta.

"Não consigo acender meu coalite".

"Bom, por que comprou? O que quer que eu faça com isso, hein?".

A bela esposa gritou de dentro de casa. "O que foi, mãe?".

"Ela não conseguiu acender o coalite".

Bom, o que viria a seguir?

Adah mencionou que sabia que poderia fazer o fogo com a parafina, mas não começaria um incêndio?

A bela esposa gritou. "Mãe, ela vai acabar trazendo os bombeiros. Ah, meu Deus, onde nos metemos?!". Sua voz aos guinchos atraiu mais vizinhos, alguns para ver qual era o problema, mas a maioria para dar uma boa olhada na nova inquilina, como se ela fosse uma atração do espaço sideral.

Esse método nunca falhara antes. Por que falhava com os Pequenos? Eles nem lhe deram tempo para conhecê-la antes de emitir um julgamento. Ser amigável com eles estava fora de questão. Ela teria que se virar sozinha. O que essas pessoas sentiam por ela era ressentimento. Ela tinha piorado a situação ao deixar que eles soubessem que ela nunca usara coalite antes. Como ela poderia saber o jeito de usar coalite?

Ela nascera e fora criada nos trópicos, onde a temperatura média diária girava em torno de vinte e seis graus. Como as pessoas podiam ser tão ignorantes? O mais engraçado era que, pelos comentários cínicos que escutou ao seu redor, ficava implícito que ela devia ser analfabeta por não saber usar coalite.

Para que explicar a eles que no seu país ela frequentara uma escola colonial com um padrão que se igualava às melhores escolas para meninas de Londres? Para que dizer a eles que ela não era analfabeta como pensavam e que mesmo no país deles ela trabalhava no Serviço Público? Ela os observou, sentiu-se um pouco enjoada e depois entrou em casa, batendo a porta atrás de si com um forte estrondo.

Em casa, ela verteu parafina sobre um pouco de papel e acendeu o fogo. Não teve que chamar os bombeiros, pois não houve necessidade. Ela não incendiou os apartamentos.

Adah sabia que seus problemas seriam numerosos, pois os Pequenos pareciam determinados a fazer com que ela adicionasse a preocupação com o silêncio dos filhos à preocupação com o emprego e com os estudos. Se os inquilinos do residencial não a queriam, bom, ela seria diferente. Ela não seria como as outras mães separadas. No residencial, mulheres com filhos e sem marido não saíam para trabalhar. Simplesmente não se fazia isso. Quem se separava, vivia do seguro-desemprego. "Vou ser diferente", Adah disse para si mesma se consolando, mal se dando conta de que, mais do que qualquer um, ela precisaria de pessoas com quem conversar e fazer amizade. Pois ela era humana, e uma mulher solitária.

Ela precisava não apenas se conformar, mas, em nome da paz, fazer parte do lugar. Ela tinha que fazer parte, socializar, participar dos acontecimentos.

BATISMO DE
SOCIALIZAÇÃO

"Mamãe, o que vamos comer no chá de hoje de noite? Estou com muita fome agora", Bubu disse, vindo até a porta da cozinha. "Nós vamos comer feijões cozidos e batatas fritas; vou fazer tudo direitinho. Você vai comer bastante?". "Ah, sim, sim, hm!", Bubu respondeu, esfregando as palmas das mãos na barriguinha. Adah riu e prometeu que não ia demorar muito.

"Por que você está esfregando a barriga assim?", Titi, a filha mais velha, perguntou da porta, onde estava sentada brincando com uma boneca sem roupas. "É coisa de criança esfregar a barriga assim".

"Bom, a barriga é minha, não é, mamãe?", Bubu quis saber. Adah concordou que a barriga era dele e que ele era livre para fazer o que quisesse com ela.

As discussões que se seguiriam foram evitadas por uma batida na porta da frente.

Adah logo aproveitou a oportunidade e disse "abra a porta, Titi, e veja quem está lá", conforme ela esticava o pescoço da cozinha ao corredor para ver quem era.

"Mãe, é uma senhora, ela quer ver você, mãe", Titi anunciou de modo estridente.

"Essas testemunhas de Jeová não podem nos deixar em paz? Elas visitam nos piores horários e esperam que você abandone tudo para segui-las e ser salvo do Armageddon que, para elas, está sempre dobrando a esquina", Adah estava resmungando para si mesma quando Titi repetiu seu anúncio. Isso fez com que Adah tirasse seu colorido avental, que estava amarrado sobre o vestido de trabalho para evitar que o óleo o manchasse. Não havia tempo para lavar as mãos porque a "senhora" estava já no corredor. "Olá", disse a senhora suavemente. Sua voz era baixa e profissional. Ela era grande, carnuda e meio hippie, como uma mãe africana rica depois de um período na sala de engorde. Seu cabelo era quase louro, escasso e curto. Ela tinha voltas e voltas de contas marrons ao redor do pescoço grosso. O pescoço era curto com dobras de carne. Tudo na senhora era grande, exceto os pés. Os pés eram surpreendentemente pequenos. Suas pastas, sua bolsa, tudo era grande. Ela ronronou um segundo "olá". O olhar que dirigia a Adah era profundo, inquisidor e desconfiado.

Adah cumprimentou de volta. Seu "olá" foi distante, incerto e bastante apagado. Ela não tinha muita certeza se deveria dar um aperto de mãos ou menear a cabeça ou as duas coisas. Então ela sorriu palidamente e tentou não parecer muito ansiosa por agradar.

"Acho que ainda não nos conhecemos. Eu trabalho aqui, e meu nome é Carol. Sou a Conselheira Familiar. Esses são seus filhos?".

Ela veio dizer algo desagradável e está nervosa, Adah pensou. A senhora começou a divagar sobre os apartamentos, o tempo e qualquer outra ninharia que sua mente grande conseguia pensar. Sem conseguir nem resposta nem incentivo de Adah, a senhora grande decidiu ir direto ao ponto.

"As pessoas aqui", ela abriu os braços curtos e gordos, "dizem que seus filhos fazem muito barulho, e que eles ficam totalmente sozinhos durante a tarde".

Esses intrometidos, todos fingem cuidar da própria vida, mas não é assim, Adah pensou. "Então a senhora veio tirar meus filhos de mim?", ela perguntou em voz alta.

"Ah, não. Só quero que você cuide deles".

"Mas eu cuido! Eu cuido mesmo!", Adah gritou. Na sua boca tinha um gosto amargo. "Eles parecem barulhentos ou descuidados? Parecem? Me diga a senhora".

"Não, acredito que não", respondeu a senhora diplomaticamente. Sua resposta foi muito ligeira para ser sincera e soou um pouco vazia. "Mas esse é o relatório que tenho, então pensei que você deveria saber. Não se preocupe demais, todos temos nossos problemas, querida".

A cabeça de Adah estava cheia. Ela não estava interessada nos problemas da senhora. Se ela tivesse algum problema de verdade, ela não seria tão corpulenta. Ela tinha que se preocupar com seus próprios problemas. Qual era o propósito de Deus ao criar pessoas como ela? Nascer apenas para a amargura e o sofrimento só observando outros humanos receberem as coisas boas. Tudo que ela conheceu na vida foi tristeza, ansiedade e amargura infinita. Esses vizinhos, os que a senhora estava descrevendo, deviam ser os Pequenos. Eles a tinham condicionado com tanto sucesso que ela mal conseguia escutar as notícias no rádio sem uma pontada de culpa. Ela já tinha parado de fazer suas costuras porque o ruído da máquina os incomodava. O que deveria fazer agora? Deixar de se importar? Render-se à tristeza e deixar de tentar?

"O que a senhora vai fazer conosco agora? Me mandar para a cadeia ou para as mãos de Deus?". Ela só queria ouvir a verdade.

Mas a senhora era uma verdadeira diplomata, uma assistente social treinada e experiente, uma integrante da espécie de mulheres que os outros nunca sabiam se deveriam tratar como amiga ou como membro da polícia social. A senhora estava estudando-a, é claro.

"Não me chame de senhora, sou a Carol. Todo mundo me chama de Carol. Por favor me chame de Carol", disse Carol, liricamente. Ela ergueu seu grande busto, correu os dedos pelas fileiras de contas e rapidamente mudou de assunto. "Vejo que você é ganesa".

"Não sou ganesa", Adah disse de imediato, perguntando-se o que a sua nacionalidade tinha a ver com o assunto. As pessoas na posição de Adah costumam ficar na defensiva o tempo todo. Mesmo quando recebem gentileza ou educação, elas em geral não sabem como lidar com isso. Acabam por se tornar desconfiadas e reservadas.

Carol estava esperando uma explicação. Ela ouvira que Adah não vinha de Gana, então de onde ela tinha vindo?, ela parecia estar exigindo uma resposta em silêncio. Mas Adah se recusou a falar. Carol sentiu que Adah gostaria que ela fosse embora, mas ela ainda não estava pronta para ir.

Elas apenas se encararam mutuamente.

"A comida das crianças está esfriando", comentou Carol de modo abrupto.

"Sim, obrigada, elas devem estar com muita fome agora. Você me dá licença".

Adah voltou para a cozinha e requentou os feijões. "Janta!", ela gritou.

As crianças correram para a cozinha e Adah serviu a comida. As habituais conversas e discussões começaram.

"Pare de me chutar, seu monstro! Vou contar para a mamãe, seu olhudo!".

"Não é um amor?", Carol observou, curvando o grosso pescoço para um lado. Em outra mulher, a atitude e a postura que ela adotou teriam sido femininas e maternais, mas seu corpanzil a roubava de todas essas qualidades. Não surpreendia que ela fosse a Conselheira Familiar. Seu peso poderia esmagar qualquer problema de família, por mais espinhoso que fosse, e reduzi-lo a pó. Ela estava se esforçando bastante para fazer Adah entender que adorava crianças.

Adah sabia que era uma encenação, mas naquele momento pelo menos ela estava apaziguada, até lisonjeada por outra pessoa poder amar seus diabinhos. Sua raiva de um minuto antes se foi e ela cedeu: "Eu sou uma igbo, de Lagos. Meus pais vieram do território igbo, mas eu nasci e cresci em Lagos e, de lá, vim para Londres".

"Entendo", disse Carol devagar. O sorriso dela era largo e cheio de compreensão. Seu rosto demonstrava um feliz alívio. "Eu mesma passei seis anos na África, a maior parte em Aden, mas fiz uma breve visita à África Ocidental, passei um ano em Gana e seis meses em Lagos. É um lugar adorável. Lindo".

Parecia que todo mundo conhecia Lagos. A faxineira do escritório tinha um filho que morava no Apapa, em Lagos; o homem da Junta Carvoeira que viera um dia antes para inspecionar sua lareira sabia tudo sobre Lagos. O problema era que não dava nem mais para mentir sobre o país natal. Antes de abrir a boca, o ouvinte já sabia tudo o que ela ia dizer. Tornava a vida tão entediante. Mesmo as pessoas numa parte do mundo que, por gerações, tinham alegremente adorado a lua porque ela era um mistério agora viam o mistério deles sendo revelado. Adah tinha certeza de que aqueles da Sociedade com S maiúsculo logo conseguiriam ir para a lua passar as férias ou jogar golfe ou fazer exercícios. *Bom, senhora, se a senhora sabe tudo sobre Lagos, parabéns.*

"Por favor, pode me chamar a qualquer hora. A casa ao lado do parquinho é meu escritório. As crianças podem brincar lá. Tenho brinquedos pedagógicos e as mães se reúnem às vezes na minha sala. Sei que você é muito ocupada, mas apareça de vez em quando". Ela estava indo embora, mas a meio caminho do corredor, perguntou de repente "onde você vai à noite?".

Adah sentiu que a senhora estava escondendo alguma coisa. Ela daria uma boa vendedora. Ela podia ser da polícia social, mas pelo menos era gentil no policiamento. Ela não tinha vontade de mentir para a senhora, então disse que era estudante de Sociologia e que as aulas eram no fim do dia.

Carol voltou lentamente. Seus sapatos eram baixos, quase como chinelos de ficar em casa, o que era sensato, ou sua caminhada causaria oscilações desagradáveis.

"Quem cuida das crianças quando você sai?". Sua voz tinha se tornado profissional de novo, com uma pitada de aspereza, como a de uma mulher que tivesse passado a vida inteira fazendo coisas por outras pessoas.

"Elas cuidam umas das outras", explicou Adah, soando como uma criminosa condenada. Ela não apenas soou como uma criminosa, estava começando a se sentir assim.

"Não é permitido fazer isso. Não em Londres". Carol balançou a cabeça de um lado a outro. "Você pode ter problemas por causa disso, problemas sérios. As coisas são diferentes aqui. Eu sei que na África os vizinhos podem ir e vir, que suas portas estão sempre abertas para entrar ar fresco, mas na Inglaterra nós fechamos nossas portas para deixar o ar frio de fora. Então as pessoas não têm como saber quando crianças sozinhas correm perigo. Qualquer coisa pode acontecer, uma explosão de gás, aquecedores a óleo provocando grandes incêndios, ah, todo tipo de coisa. Você entende, tenho certeza".

Adah entendia muito bem, mas o que ela podia fazer? Não gostava da ideia de encerrar os estudos agora que tinha chegado tão longe, mas também não queria que algo acontecesse com as crianças. Ela olhou para o nada, com tristeza. Sua mente estava tão desordenada que ela não conseguia pensar coisa alguma.

Carol sentiu que estava lidando com uma mulher que daria tudo por seus filhos. Ela tinha razão. Os filhos de Adah eram sua vida. Qualquer um que os amasse, amava-a. "Vou fazer com que você receba ajuda, pelo menos à tardinha. Você está fazendo demais, dando um passo maior que a perna".

Essa era uma das coisas que Adah não gostava nessas mulheres de jaleco branco que se autointitulavam agentes sociais. Elas eram umas malditas condescendentes. Tudo bem, ela tinha alertado Adah de que era errado deixar as crianças à noite, mas por que fazer tempestade em copo d'água? Bom, aquela senhora parecia se importar, mesmo que a sociedade a pagasse para se importar. Adah teria que engolir seu orgulho de mulher, sua dignidade de mãe, e deixar que Carol a ajudasse. Ela não gostava de aceitar ajuda, mas não tinha escolha. Precisava de proteção contra vizinhos encrenqueiros como os Pequenos e queria ter a tranquilidade de saber que seus filhos estavam em boas mãos enquanto ela estivesse na faculdade politécnica. Ela sentia-se grata à senhora e precisava demonstrar.

Ela acompanhou a senhora até a porta e não se surpreendeu ao ver as silhuetas dos Pequenos rapidamente desaparecendo às pressas para dentro do apartamento deles. Estiveram ouvindo. Eles tinham enviado Carol, mas Adah estava determinada a tirar o melhor proveito dos serviços dela.

Adah não precisou de muito esforço para tornar-se amiga de Carol. A Conselheira Familiar gostou dela de verdade. Ela entrou em contato com a Força Tarefa e eles enviaram um grupo de jovens estudantes que tinham se voluntariado para cuidar dos filhos de Adah durante as noites. Adah não sabia bem como se comportar com esses jovens e suas modas unissex. Era realmente impossível saber quem era homem e quem era mulher; todos se pareciam. Ainda assim, Adah os recebeu e torceu para que se sentissem em casa no seu apartamento.

Na primeira noite que as "babás" vieram, ela não parou de se preocupar durante a aula na faculdade. Ela se manteve na cadeira graças a uma absoluta força de vontade. A sociedade não tinha nada de bom para dizer sobre os jovens de cabelos longos que tocavam violão. Tudo que ela lera sobre eles era que estavam sempre em manifestações de um lado a outro com seus cartazes malucos, sempre protestando em um lugar ou outro, e quase todos andavam chapados. Imagina se começassem a fumar erva na frente de seus filhos? Imagina se começassem seu amor livre enquanto as crianças ainda estavam acordadas? Ah, Deus acuda. Assim que bateu nove horas ela correu para casa.

Ela não conseguiu segurar um choro baixinho e solitário diante do que viu. As crianças estavam de banho tomado, o banheiro tinha passado por uma faxina pesada, e a sala tinha sido varrida. Sim, os jovens estavam sentados e assistiam à televisão, de mãos dadas de um modo tão gentil e resignado que Adah se compadeceu deles. Ela fez uma cara corajosa. *Afinal, sou mais velha que eles, quase dez anos mais velha, então por que ficaria insegura na presença deles, e ainda por cima na minha casa! Que se exploda, eu deveria colocá-los no seu lugar, não o contrário*, ela pensou consigo mesma. Em voz alta, ela os repreendeu por não terem tomado o chá que ela mandou que tomassem. Eles deveriam se sentir em casa, ela continuou a balbuciar, enquanto os jovens davam risadinhas de um jeito sincero e cansado. Ela serviu para eles arroz temperado e chá de limão, e eles disseram que estava bom. Mas teve certeza que as lágrimas correndo de seus olhos não eram de alegria, mas porque o arroz com curry estava muito apimentado. Eles tomaram litros de água e voltaram para a faculdade.

O nome do rapaz era Jerry, mas Adah não conseguiu pegar o nome da garota, não que fosse necessário que ela soubesse, porque Jerry gostava de trocar de namorada como outros homens menos bem-dotados trocam de camisa. Esses jovens quase se tornaram parte da família de Adah. Eles lavavam fraldas, alimentavam as crianças e até se desdobravam para vir e levar as crianças em passeios no fim de semana. Até o dia em que morresse, Adah ia se perguntar por que indivíduos rechonchudos de meia-idade pintavam todas as pessoas jovens como irresponsáveis, indolentes e sem raízes. Ninguém jamais divulgava o bom trabalho que elas faziam. Ninguém mencionava que muitos deles se juntavam a organizações como a Força Tarefa. Ninguém julgava dignas de menção a solidariedade e a compreensão deles. Alguns dos jovens podiam ser exagerados, mas as gerações mais velhas também não tinham seus excêntricos?

Adah passou a esperar ansiosamente pela chegada deles e, por meio de Jerry, ela acabou conhecendo não apenas um monte de garotas britânicas, mas também algumas exóticas garotas francesas e italianas que vinham à Inglaterra para estudar.

A Conselheira Familiar fez uma nova visita, e Adah se perguntou o que teria feito de errado. Já fez uma cara feia à espera da bomba. Como de costume, Carol começou com banalidades.

"Isso é fufu?", ela perguntou comentando a comida das crianças.

"Não exatamente, não encontramos fufu aqui, então improvisamos com farinha de arroz", Adah explicou.

"É uma comida barata, não acha?", Carol quis saber.

"Bom, acho que eu não saberia dizer se é barata, mas sei que dá sustância".

"Hm", murmurou Carol balançando a cabeça, e as dobras de gordura em seu pescoço dançaram. "As crianças gostam? Não acham muito forte?".

"As crianças inglesas gostam de batata, elas não acham sem gosto?".

"Estou sendo boba", Carol concedeu.

"Talvez". Adah não estava no clima de ser humilde e pediu a Deus que Carol dissesse logo o que queria e fosse embora.

"A professora reclamou que as crianças estão sendo deixadas no galpão da escola às oito da manhã e que você não as busca antes das cinco da tarde. Ela não pode ser responsável pelas crianças antes das aulas começarem, você sabe. As manhãs são muito frias e escuras para deixá-las sozinhas. Você sabe, não é, que algumas pessoas doentias sequestram crianças, e as suas são tão pequenas, qualquer um poderia atraí-las para longe com docinhos".

As lágrimas de Adah começaram a jorrar. Aquelas terríveis lágrimas, sempre jorrando na hora errada. Ela quis parecer corajosa, dizer a Carol que cuidasse da sua vida, mas não conseguia. Ela também estava preocupada com as crianças, tão preocupada que revelou isso no trabalho. Apesar de ter sorte de trabalhar com pessoas muito compreensivas, ela sabia que os chefes não podiam ser prestativos para sempre. Ela tinha tirado todas as suas férias, licença-maternidade, licença-nojo e todo tipo de licença que o Serviço Público podia oferecer a pessoas como ela. Havia um limite para a solidariedade humana, mesmo a dos chefes.

Ela limpou as lágrimas. Imediatamente, de cabeça feita, ela despejou sua decisão sobre Carol.

"Vou pedir demissão do emprego no museu!".

"Ah, querida, essa é uma decisão precipitada. Sinto muito se sou responsável pela pressa. Nós vamos pensar num outro jeito...".

Adah a interrompeu com determinação. "Não há outro jeito e, por favor, pelo amor de Deus, pare de se culpar. Penso nisso faz muito tempo".

Sua socialização estava completa. Ela, uma mulher africana com cinco filhos e nenhum marido, sem emprego e sem futuro, estava como a maioria de seus vizinhos: desocupada, desenraizada, sem direito a reivindicar nada. Simplesmente desconectada... Nenhum deles conhecia o começo da própria existência, a razão de existir com uma mão na frente e outra atrás, nem o resultado ou o futuro dessa existência. Todos ficariam no fundo do poço até que alguém os puxasse para fora ou eles naufragassem de vez.

O museu ficou feliz de se livrar dela, apesar de serem educados demais para dizerem isso. Isso encerrou seu capítulo de classe média. Daí em diante, ela não pertencia a classe nenhuma. Não podia alegar que era da classe trabalhadora, porque a classe trabalhadora tinha um código para a vida diária. Ela não tinha nenhum. O dela era então um completo problema familiar. O desemprego a batizou na sociedade do residencial. Como a maioria dos inquilinos dali, ela se tornou uma visitante regular do escritório de Carol.

Ela foi apresentada a Whoopey e sua mãe. A senhora O'Brien e a Princesa sorriam ao dar as boas-vindas ao culto de moradores do fundo do poço. Ela se uniu à associação de moradores do poço. Ela se uniu aos eventos locais das mães. Ela se resignou à misteriosa inevitabilidade e aceitou as coisas como elas eram.

Os sorrisos e os sinceros acenos de cabeça dessas mulheres apagadas e rejeitadas a tranquilizaram. Elas pareciam dizer "você não está só. Olhe para nós, somos humanas também!". Ela se consolou com o afeto da aceitação delas e sentiu-se grata.

VISITA AO SETOR DE AUXÍLIOS

"Você tem que receber o seguro-desemprego", a Conselheira Familiar aconselhou, semanas depois de Adah ter deixado o trabalho. "Você tem que viver de algum jeito, tem que pedir o seguro. Todos pedem na hora da necessidade. Você tem até sorte porque só vai receber auxílio por um tempo. Que dizer das mulheres que nunca vão conseguir receber o suficiente para se sustentar? Eu iria, se fosse você, pelo bem das crianças".

"Sim, pelo bem das crianças", a voz de Adah soou fraca e distante. Mas ela tinha escolha? Recusar o auxílio teria sido um orgulho despropositado — orgulho advindo do fato de que no seu país ela aprendera que o Ministério do Seguro Social era a versão moderna da Antiga Lei dos Pobres. Ela costumava pensar nos beneficiários do seguro como pessoas preguiçosas, parasitas que viviam às custas da sociedade. Ela sonhara que agora estaria escrevendo contos africanos, mas suas tentativas nas semanas anteriores tinham resultado em nada além da constante aparição de cartas de rejeição. Ela recebera tantos desses bem-escritos documentos de rejeição que seu sonho de ser uma autora tinha evaporado. Ela tinha mergulhado as mãos nas sessenta libras que economizara do emprego no museu.

Lágrimas ardentes como pimenta quase a cegaram na manhã em que ela olhou para suas economias e constatou que sobravam apenas cinquenta xelins. Ela não esperou que Carol fizesse seu serviço mais uma vez. Ela tinha de viver de alguma forma. Receber o seguro-desemprego era melhor que roubar. Ela pegou suas duas crianças menores e todos rumaram ao Setor de Auxílios.

Não tinha como saber, Carol talvez tivesse razão. *Posso não precisar do seguro-desemprego por muito tempo*, ela pensou. "Ainda posso me tornar uma escritora, uma escritora de um best-seller, ainda posso me tornar uma cientista social diplomada que algum dia poderá ser uma conselheira como a Carol. Enquanto isso, preciso viver, e preciso cuidar das crianças que Deus me entregou vivas. Deus cometeu um pequeno equívoco aí, entretanto. Ele deveria ter permitido que cada criança viesse com um saco de dinheiro, em vez do inútil saco amniótico".

Ela se recompôs e encarou a realidade... O letreiro na frente do prédio dizia Departamento de... alguma coisa. Adah não se deu o trabalho de ler até a última letra. Engraçado chamar o Setor de Auxílios pelo nome de Seguro Social. Apesar de qualquer segurança que o letreiro pudesse prometer, ela começou a se sentir insegura assim que entrou no prédio, empurrando o carrinho com as duas crianças.

O Setor de Auxílios era pintado de amarelo, um tipo impessoal de amarelo desmaiado. Havia uma tela de arame no centro que dividia o espaço retangular em duas partes. O retângulo interior era para os funcionários, o exterior para as pessoas como Adah, aqueles que vinham receber o seguro-desemprego. Bancos estavam espalhados para as pessoas sentarem. O rosto daqueles nos bancos mostravam desalento, tédio, desesperança e autocomiseração. Adah sentou-se em um dos bancos de frente para o balcão de informações.

A vez dela chegou depois do que pareceram eras de dança das cadeiras e passos arrastados. Era preciso ir trocando de lugar para o próximo banco com espaço vazio até ficar cara a cara com a pessoa atrás da tela. A pessoa queria saber a história da sua existência, se você já fora preso e, caso sim, se em Brixton ou Holloway. No final, sua vida e seus segredos eram reduzidos a uma tabela com "sim" e "não".

A moça estava genuinamente interessada no caso de Adah, no entanto. Demitir-se do Serviço Público aos vinte e sete! "Você vai perder sua pensão", a atendente disse. "Não sabe o que isso significa? Deveria ter ficado".

Adah encheu-se de desculpas. Ela repetiu sua explicação de por que tinha que desistir do trabalho. Sim, ela *estava* feliz no emprego, mas, mesmo assim, tinha que sair. A atendente relutantemente concordou que seus motivos eram, afinal, sensatos.

"Sente-se ali e você vai ser chamada logo".

Adah encontrou um espaço vago em um dos bancos e se sentou. Afinal, ela contara à atendente tudo que havia para ser contado, e ela logo seria chamada.

Ela esqueceu que a palavra "logo" pode significar dias, horas ou até anos. Ela pensara que "logo" nesse contexto em particular seria no máximo trinta minutos ou algo assim.

As crianças começaram a se inquietar e a choramingar depois de esperar duas horas.

"Mãe, quero ir no banheiro, por favor, está saindo, mãe, *por favor*".

Desesperada, Adah correu até um homem de uniforme, que parecia o zelador. "Por favor, pode me dizer onde fica o banheiro? Minha garotinha está muito apertada".

O homem olhou para ela sem expressão, como se ela fosse uma mulher meio louca que há muito perdeu o bom senso. Ele sorriu com indulgência e apontou para o aviso num canto da parede que informava que o banheiro ficava em algum lugar mais acima na rua.

"Mãe, vou fazer aqui", gritou Dada, segurando as calças com firmeza como se isso pudesse interromper sua urgência.

"Por favor, ela não poderia usar os banheiros dos funcionários? É só uma garotinha, por favor", Adah implorou com a voz instável.

"Desculpe, elas não podem usar nosso banheiro. Tem um público perto da politécnica. Você sabe onde fica?".

Adah sabia.

Lá fora a neblina estava densa. As crianças e ela se misturaram à neblina. Família feliz! Para o café da manhã, cada uma das crianças tinha comido uma cumbuca de creme de ovos e um quarto de laranja. Eles tinham saído do residencial às dez da manhã. Já era meio-dia e meia, nebuloso, frio e novembro. Era uma coisa humana desejar viver tanto quanto possível: apesar de às vezes a vida não ter valor, as pessoas ainda se agarravam a ela. O desejo humano de viver, sobreviver, a empurrava ao banheiro. Eles se aliviaram e trilharam de volta para o Setor de Auxílios.

Ela sentou-se ao lado de uma mulher com um pé imenso e outro raquítico. Ela tinha um sapato preto no raquítico, mas no grande estava uma peça de couro costurada, com um salto falso por baixo. Ela encarava Adah, sinal de que queria conversar.

Adah sorriu e a mulher com pés desiguais disse "você é a senhora Obi? Eles chamaram você assim que vocês saíram".

"Sabe se estavam me chamando para o dinheiro?". Sua voz estava alta e assustada, apesar de tentar aparentar calma. Alguns homens bem-vestidos sentados no banco ao lado dela ouviram e riram. Ela olhou em volta, confusa. Tinha dito algo esquisito?

"Não para o dinheiro, amiga", disse um homem bonito do grupo. "Para perguntas", ele sorriu com desdém, sacudindo a cabeça com ar de insulto na direção dos funcionários atrás do balcão telado. Esse grupo de homens estava relaxado e parecia despreocupado. Eram grevistas. "Você vai ter que esperar mais duas horas agora", ele disse.

Ele tinha razão. A mulher com pé imenso ficou amigável. "Eu costumava cuidar de uma criança da sua gente, sabe. Isso foi antes de eu começar a ter problemas com meu pé. Eles eram tão gentis, essas pessoas. A mãe era bem como você, sabe, jovem e roupas bonitas... muito simpática".

Adah assentiu e se perguntou se estava vestida com muito rigor para o Setor de Auxílios. Ela tinha ido com a calça de um terno que fizera a partir de um molde numa revista feminina. Custara menos que duas libras. Talvez estivesse bem-vestida demais. Da próxima vez precisaria se lembrar de usar roupas velhas, ao estilo do residencial.

"Você é da Nigéria?", perguntou a mulher.

"Sim", ela respondeu simplesmente, sem querer entrar em detalhes de por que parte da Nigéria tinha se tornado Biafra e depois voltado a fazer parte da Nigéria.

A mulher estava muito solitária, pois falava e falava, gesticulando controladamente. Adah ouvia, fascinada. A mulher tinha ido a um batismo nigeriano em Londres; ela também fora a um casamento nigeriano na igreja St. Martin-in-the-Fields. A primeira vez que ela estivera "nesses lugares chiques". Esses eram os tempos antes "do meu pé".

Adah podia bem entender a curiosidade da mulher. Os homens e mulheres de seu país que viviam em Londres fariam mesmo seus casamentos em lugares "chiques" como St. Martin-in--the-Fields. Ela sabia de casais africanos que insistiam em tapetes vermelhos para suas cerimônias. Parecia tudo tão engraçado: vindo de um país onde as crianças ainda morrem de desnutrição, onde três quartos da população nunca provaram água limpa na torneira, onde ainda havia todo tipo de horrores devido ao analfabetismo, e onde eles, os poucos intitulados iluminados, esbanjavam o escasso dinheiro que tinham em tais extravagâncias. Ainda assim, nada demais. Não se gastaram milhões de libras para descobrir mais sobre a lua, enquanto os problemas na Terra, já conhecidos, eram varridos para baixo do tapete? Saíra de moda dizer "me casei em uma pequena igreja na Inglaterra". Seria igualmente sem graça alegar que "meu país está fazendo todo o possível pelos pobres, os idosos e os carentes e, por isso, não pode participar da corrida à lua". Os africanos britânicos se esforçavam muito para mostrar como eram abastados, apesar de sua riqueza ser inadequada, como uma roupa emprestada. Aprender a ser uma figura ilustre não era um trabalho fácil.

Só era engraçado pensar que, se não fosse pelos nigerianos, essa mulher cujos pais e tataravós sempre foram brancos nunca teria entrado "nesses lugares chiques".

A espera no Setor de Auxílios foi longa, mas a mulher estava contente. "Economizo o aquecimento", ela confessou. "Você gosta aqui da Inglaterra?".

"Imensamente". Adah queria muito agradar e imaginou que a mulher esperava essa resposta. Ficou chocada quando ela reagiu de modo diferente.

A mulher gargalhou alto. "Você está aqui há algum tempo, posso notar. Só disse isso porque achou que era o que eu queria ouvir".

Adah fez um gesto de protesto, mas a mulher a interrompeu e

disse "eu sei, eu sei, nenhum nigeriano pode dizer para *mim* que está feliz vivendo aqui. Você quer seu diploma, ou seja lá o que for, e depois volta para casa. Só fracassados nigerianos ficam na Inglaterra. Você não gosta daqui de verdade".
Adah ficou em silêncio, sem saber o que mais dizer.
"Engraçado, você é a primeira nigeriana que ouço dizer isso. Posso entender alguém das Índias Ocidentais dizer isso, mas você... ah, não sei...".
Os funcionários do Seguro Social vieram em seu socorro. A senhora Wilkinson foi chamada para receber o dinheiro. "Até mais, querida", ela sorriu e, abaixando-se com óbvia dificuldade, ela sussurrou "você se apresse e vá para casa. Você não é uma fracassada, nem vai ser".
"Tchau, tchau", Adah disse, grata por estar sozinha finalmente.
Logo depois, ela foi chamada e recebeu treze libras — seis libras eram para o aluguel, uma para o gás, duas para o aquecimento e quatro para comida.

Havia um supermercado do outro lado da rua do escritório do Seguro Social e, como estava ficando tarde, ela pensou que já podia fazer as compras. Pegou todos os produtos que julgou que ia precisar e os colocou no cesto de metal, mas, quando chegou ao caixa, se surpreendeu ao perceber que tinha que pagar cinco libras. Ela não pretendia gastar tanto. Teria sido pela penumbra do supermercado, ou devido à música acalentadora depois da dureza do Setor de Auxílios? Bom, fosse o que fosse, ela tinha que levar os mantimentos, ficava apreensiva de devolvê-los. Ela compensaria no valor para o aquecimento. Isso significaria adeus ao coalite e boas-vindas à parafina azul — afinal, a parafina azul dizia "para a nobreza" nos seus anúncios.

Quando chegou em casa, as crianças estavam com fome e muito cansadas. Elas tinham dormido no carrinho. Ela se apressou, feliz diante da comida, cozinhou arroz integral com ensopado de galinha. Pelo menos uma boa refeição por semana. Nada mal, considerando que ela não precisava trabalhar por isso.

Adah lavou o rosto, colocou um vestido velho. Ao estilo do residencial, desceu até o espaço da Carol, que era bastante perto.

"Oi pra você, Adah", gritou Whoopey, uma visitante frequente da Carol. "Você não pode perder o brechó hoje de noite".
"Brechó? Não conheço, o que é?", Adah respondeu ao entrar no escritório da assistente social.
"Bom, é o lugar para se ir atrás de roupas velhas para as crianças. Chamamos brechó porque as mães levam de casa roupas que ficaram pequenas e trocam por outra coisa", Carol explicou tranquilamente, observando Adah com um olhar calculista o tempo todo. A voz dela era um forte contraste à voz aguda de Whoopey.
"Você tem que pagar uma pequena contribuição; nada demais, cerca de um xelim, não é muito", Carol concluiu.
"Agora você sabe de tudo", disse a senhora O'Brien, enfiando pedaços do bolo de Carol na minúscula boca do seu bebê mais jovem. O bebê tentava rir de boca cheia, mas acabava cuspindo migalhas de bolo empapadas de saliva sobre Adah e Carol. Todas riram.
O escritório estava quente, bem quente. Era um apartamento de três quartos transformado em escritório. A maioria das janelas tinha sido quebrada por jovens vândalos que queriam pegar — ou pelo menos saber — o que Carol guardava nos "malditos armários". Nas paredes ficavam desenhos de crianças de todos os tipos, pendurados ao acaso, como se por uma pessoa cega. Bules e bules de café acompanhavam o burburinho das conversas. Carol falava e se explicava. Planos sem muita esperança de se concretizar eram apresentados e, naquele momento específico, todos pareciam embarcar. Nenhuma das mães do residencial sentadas ali julgava inadequado fazer tantos planos vazios. Whoopey retomou a conversa do sonho vazio e falou a elas sobre o sonho que tivera na noite anterior.
"Sabe duma coisa", ela começou chiando, "sabe duma coisa, tem esse cara bonito, muito moreno, não negro, sabe. Esse cara, ele me convidou pra viajar de férias com ele e eu fui. Quando a gente tava lá, eu e as crianças, Sue e Terry gostaram dele e chamaram ele de pai. Ele adorou as crianças e me adorava também. Quando a gente voltou, o cara bonito me pediu em casamen-

to, ele pediu. Ele foi tão querido e a minha mãe até chorou, foi mesmo. E, sabe duma coisa, ele era rico pra caramba, rios de dinheiro, e aí ele pediu que eu e as crianças fôssemos pra Austrália com ele, e a gente foi!", Whoopey terminou sem fôlego, o cigarro queimado.

O silêncio que se seguiu a esse recital de sonho foi breve, e então a senhora Cox, mãe de Whoopey, explodiu: "Claro, e quando você tava na Austrália, aposto que descobriu que ele era um safado ladrão de trens, rá, rá, rá!".

"Ah, mãe, você precisa estragar pra mim? Sonhei ontem de noite, sério, mãe, sonhei assim", Whoopey lamentava.

"Melhor você sonhar com um jeito de alimentar essas malditas crianças e cobrir essas suas costas magrinhas. Você perdeu a prática, querida, seus braços estão enferrujados pra caralho pra esse tipo de coisa".

A princípio Adah ficou chocada com a linguagem de baixo calão, mas depois entendeu que não significava nada. Os palavrões não tinham significado para as mulheres do residencial. Praguejar não significava nada, era só um jeito de falar no residencial.

Carol foi a primeira a começar a rir, as outras estavam hesitantes em se juntar. Carol confirmou que nunca se sabe, sonhos podem se tornar realidade. Um dos casos dela, uma mãe solteira que conheceu em algum lugar, acabou bem como no sonho de Whoopey.

"Claro, e eles decerto viveram felizes para sempre", a senhora Cox concluiu de modo abrupto.

"Que horas são?", perguntou a senhora O'Brien.

"Três e meia", anunciou Carol.

O anúncio fez o bate-papo minguar. Interveio a lembrança de crianças nas escolas à espera de serem buscadas.

A senhora O'Brien bamboleou até a saída, prendeu seu bebê em uma cadeirinha com alças que era da Carol e disse "fique de olho nele por mim" para ninguém em específico.

Whoopey caminhou para lá e para cá balançando os quadris, recolhendo xícaras e pires, e Adah sussurrou à senhora O'Brien que esperasse por ela. Ela precisava buscar "seus dois" na escola.

A senhora Cox riu alto e com desdém da sua filha. Mas Whoopey devolveu um olhar tão frio e desafiador que fez a mãe se encolher um pouco. Ela parou de rir, e as duas mulheres observadoras perto da saída foram embora com pressa.

MAIS FELIZ
COM O AUXÍLIO

Eram três e meia e Adah tinha que buscar os mais novos na escola. O tempo não estava muito bom naquele verão. Chovia, chovia o tempo todo. A chuva não teria sido tão mal recebida no residencial se ela ficasse do lado de fora. Mas, ah, não, não no residencial. Sempre que chovia lá fora, chovia dentro. A maioria dos armários embutidos estava coberta de mofo. Os moradores do fundo do poço há muito tinham desistido de raspar aquela maldita coisa verde. Qual era o sentido de raspar os armários, quando isso só servia para abrir espaço para uma nova capa de mofo verde? Eles deixavam o mofo ficar até que se tornasse parte da personalidade dos armários do residencial. Adah cumprimentou o mofo em seu armário de lenços com um suspiro silencioso. Ela tirou seu lenço branco preferido com as bordas vermelhas, sacudiu-o vigorosamente num intento vão de se livrar da mancha verde, desistiu depois de várias tentativas e amarrou-o firme abaixo do queixo. Ela se olhou num espelho próximo e descobriu que, na tentativa de esconder a mancha verde, ela mostrava os dois furos no lenço. Ela o desatou e experimentou de novo, colocando a parte furada por baixo, mas a mancha parecia gostar de se exibir para o mundo. Agora ela precisava escolher se mostrava a mancha de mofo ou os furos da pobreza. Ela decidiu em prol da mancha: as pessoas podiam até pensar que era uma estampa. Ela enfiou os pés dentro de sapatos igualmente gastos, que provavelmente já tinham tido dias melhores antes de chegarem ao brechó do residencial. Senhor, já eram vinte para as quatro, ela precisava sair voando!

Ela precisava ter cuidado na úmida escada pegajosa (alguns adolescentes tinham decidido transformá-la em banheiro), principalmente porque as lâmpadas tinham um jeito peculiar de se apagar durante a noite. Só Deus sabia o que costumava acontecer com essas lâmpadas temperamentais. O zelador jurava que as trocava na frequência certa, então não se encarregava de cuidá-las mais que isso. Assim, se você era um morador-do-poço e não queria confusão, tinha que planejar suas saídas durante o dia, quando havia luz o suficiente.

Adah desceu com cautela os degraus úmidos. O cheiro de urina se misturava harmoniosamente com o dos depósitos de lixo transbordantes. Bastou uma lufada do cheiro enquanto ela estava abotoando seu casaco para decidir que isso era suficiente para durar até que seus pés estivessem sãos e salvos no chão do pátio aberto. Ela cobriu o nariz com firmeza e deixou os olhos espiando sobre a mão.

A senhora O'Brien também estava vindo do outro lado, sua mão sobre o nariz e a boca, mas Adah podia ver que seus olhos se acenderam de felicidade ao vê-la. Ela também estava indo buscar os seus na escola. Cumprimentaram-se em silêncio, como vizinhas mudas, e desceram as escadas com cuidado.

No pátio, as duas tiraram as mãos do rosto, respiraram fundo o ar fresco da área aberta do residencial e sorriram.

"Odeio essas escadas imundas", comentou a senhora O'Brien sem necessidade.

"Eu também", Adah concordou, "mas fico feliz que as crianças passam a maior parte do tempo na escola e não precisam ficar subindo e descendo. São tão perigosas".

O rosto da senhora O'Brien, que estivera aceso de felicidade um minuto antes, se contorceu em aparente desconforto. Ela encolheu os ombros e, nervosa, agarrou a cesta de compras enrugando as sobrancelhas. Ajeitou o lenço desbotado, que estava escorregando de seus cabelos meio loiros, revelando unhas que precisavam ser limpas e mãos que precisavam de um bom creme.

"Não sei, querida, eu simplesmente não sei o que fazer. Tenho duas crianças pequenas em casa, sabe como é, e elas estão sempre subindo e descendo essas escadas perigosas. Às vezes até pegam coisas do chão, bom, você sabe como são as crianças, elas gostam de colocar coisas na boca".

"Minha nossa! Isso é grave. Elas podem pegar doenças, podem mesmo".

"É isso que me preocupa, entende. Não posso sair com elas o tempo todo, e aqueles funcionários do seguro social iam fazer um estardalhaço se soubessem que deixo elas brincarem sozinhas. Como você sabe, meu marido passa muito tempo em casa, mas você sabe como são os *homens*, eles simplesmente não *pensam*! Às vezes eu levo as crianças para o escritório da Carol, mas, como você sabe, ela nem sempre está lá, e nem sempre está no clima para receber crianças".

Adah concordou, conforme as duas mulheres se preocupavam com a fila de carros que passava. Logo a rua se esvaziou, e elas cruzaram para o outro lado, até o mercado da Crescent (como era chamada a rua Queen's Crescent, nenhum morador local a chamava pelo nome de batismo).

Foram abordadas por um homem que vendia porcelanas e peças de vidro. "Evite os impostos e compre agora para o Natal!", ele gritou para elas. Adah pegou um lindo pássaro de vidro e o admirou. Sim, o pássaro era lindo e parecia original. Elas garantiram ao homem que o preço que ele pedia era muito razoável, e era verdade. Mas o pobre homem queria vender seu pássaro. Queria que elas o comprassem. A voz dele estava desesperada e a boca seca como se tivesse gritado por horas.

"É lindo, meu querido, mas não tenho dinheiro, nem uma moedinha sobrando, querido", a senhora O'Brien soava como se estivesse se desculpando.

Ele olhou para Adah com a confiança minguando. "Você gostaria, não é? Vendi seis para alguém da sua gente ontem; o senhor ia levar para as Índias Ocidentais. Ele disse que era uma pechincha". Adah se solidarizou, mas se negou a comprar, nem mesmo por cinquenta pênis. O homem as deixou, tristemente, mas não sem antes avisar-lhes que estavam perdendo uma oportunidade única na vida.

As duas mulheres sorriram com compreensão. "Coitado do velho, de pé lá o dia inteiro pedindo a pessoas como eu que comprem um pássaro de vidro. O que eu ia fazer com uma coisa linda daquelas? Onde podia colocar? O dinheiro do auxílio só basta para manter eu e meus cinco filhos vivos. Imagina comprar um pássaro!", disse Adah com seriedade. "Olha só, eu nunca soube que você tinha cinco. Eu tenho sete", disse a senhora O'Brien, com a voz bastante cansada. "Nossa! Sete! Quantos anos você tem? Ai, desculpe, não quis ser tão intrometida. Mas escute, querida, você parece muito jovem para ser mãe de sete".

A risada da senhora O'Brien foi um prazer de escutar. Ela era uma mulher bem cuidada e conservada. Bonita, também, com muito cabelo claro bem tratado. Ela usava-o longo, e era um pouco rechonchuda, mas era o tipo de gordurinhas que as adolescentes costumam ter. Ela se recuperou do riso e disse "não sou muito jovem, tenho trinta e cinco, e já enterrei duas crianças na Irlanda e duas aqui, sabe, onde vivíamos antes. Foi por isso que nos mudaram de casa. Os dois morreram com dias de diferença. Morreram de algum tipo de vírus, meningite, acho, foi assim que chamaram. Meningite. Por isso tenho tanto medo daquelas lixeiras escancaradas. Mas não só por isso; as pessoas no residencial não conseguem cuidar das suas vidas, sempre falando dos outros. Elas sabem tudo da nossa vida e fofocam e fofocam".

Ela se aproximou de Adah e baixou a voz como se transmitisse um segredo de estado. "Você sabe, meu marido está sempre sem emprego, e aqueles intrometidos acham que quero ele em casa de propósito. Mas é mentira! Ele não consegue um emprego. É um homem muito trabalhador".

Adah olhou para ela sem saber o que dizer. Todos no residencial conheciam a história dos O'Brien. Ele não ia trabalhar porque o salário não compensava, e aqui estava a mulher do O'Brien tentando defender o nome da família. Como chamar o caso dela, uma vítima de "falsa consciência" ou o quê? Ela parecia mais sensível do que Adah imaginara.

"Bom, você sabe", ela seguiu num tom de voz de quem é pego

roubando. "Bom, você sabe, não que ele ganhasse muito, mas ele é um bom homem e nem sonharia em ficar em casa só para ganhar mais dinheiro. Você sabe, somos bons católicos, nunca pensaríamos em fazer uma coisa dessas".

"Uma coisa dessas?", Adah estava ficando incomodada com essa mulher covarde. "Você quer dizer que sua família ganha mais dinheiro quando seu marido recebe o seguro-desemprego? Então seria estupidez se ele saísse para trabalhar. Por que deixar as crianças com fome só por causa dos vizinhos que tagarelam pelas costas? Eu deixaria que eles falassem, se fosse você. Não vamos ficar no residencial para sempre. Logo vamos nos mudar para outros lugares, e aí você pode guardar esse segredo só para si".

A essa altura já estavam no terreno da escola; tinham chegado um pouco adiantadas e ali estavam todas as mães, a maioria usando lenços, esperando em grupos pelas crias. A senhora O'Brien examinou Adah para ver se ela estava sendo sincera, e aparentemente algo no rosto de Adah disse que ela estava.

"Sempre gosto do seu povo, vocês são sempre muito sinceros. Tive uma amiga nigeriana uma vez; ela tinha seis filhos e a gente costumava ir à missa na mesma igreja. Ela era simpática, assim como você. Ela costumava me dizer para não dar bola para o que as pessoas diziam sobre meus filhos".

Por que todo mundo sempre avaliava uma pessoa negra a partir da maneira que outra pessoa negra tinha se comportado? Nunca ocorria a pessoas como a senhora O'Brien que outras mulheres negras pudessem ter vindo da Cidade do Cabo, enquanto Adah do Cabo Horn. Ou, ainda, de Trinidad, Boston ou mesmo Liverpool ou Cardiff.

Basta alguém ser negro e todos os outros negros são "seu povo". O vendedor de pássaros na Crescent queria que ela comprasse um pássaro porque um de "sua gente", alguém das Índias Ocidentais, na verdade, tinha comprado seis no dia anterior. Como as pessoas podiam ser idiotas! Preguiçosas demais para pensar.

Ela acenou em concordância com a senhora O'Brien, não porque a mulher estivesse certa, mas porque sentiu que a esposa O'Brien estava chateada e implorando por compreensão.

"Você sabe, nós mal e mal conseguimos viver do seguro. Quando ele trabalha quarenta horas por semana, ele traz para casa dezesseis libras, mas quando ele recebe o seguro, eles nos dão dezoito libras, leite de graça, vitaminas de graça para as crianças, todas as crianças na escola recebem jantar de graça e, às vezes, nos dão dinheiro para comprar sapatos para elas. Mas se Bob vai trabalhar, perdemos tudo isso. E ainda assim as pessoas comentam. Não sei o que querem que a gente faça, realmente não sei. Ah, Adah, não sei explicar como eu me sinto às vezes. Não sei dizer como eu me sinto. Fico envergonhada e arrasada. As coisas não seriam tão ruins se ele conseguisse um trabalho onde pagassem a mesma coisa que o seguro. Tenho certeza de que ele ficaria feliz de ir. Mas não há lugar nenhum, ninguém o emprega por esse valor. Ah, sei lá...". Sua voz ficou inaudível de tão baixa, tensa e trêmula como se, antes eletrizada com uma corrente vital, agora ficasse sem bateria. O sorriso dela estava triste e nervoso. As mãos polpudas sacudiam convulsivamente. Ela correu a língua sobre os lábios sem batom e ajeitou o lenço novamente. Esse gesto tinha uma conotação de resignação final. Parecia estar se rendendo às Coisas.

Não é possível mudar as Coisas, apenas aceitá-las e, de todo modo, o sino da escola tocou trazendo ambas imediatamente de volta à realidade.

Mas a história da senhora O'Brien era contagiosa. Ela tinha fechado a boca como numa armadilha e estava recompondo seu rosto pelo bem das crianças que logo sairiam das salas.

Aqui estava uma mulher, pensou Adah, que valorizaria um dia honesto de trabalho mais que qualquer coisa. Ela seria muito mais feliz se o marido pudesse ganhar o suficiente e, assim, presumivelmente, ele também, caso fosse verdade o que ela dizia dele, mas de onde as pessoas tiravam um Sistema que permitia que um homem fosse mais rico sem emprego? Adah lembrou que as pessoas de antes da sua geração costumavam dizer que a dedicação é a mãe da boa sorte. Talvez a dedicação ainda pudesse ser a mãe da sorte para certas pessoas. Era confuso. Ela provavelmente tinha mais facilidade para aguentar suas agruras porque sabia que a qualquer momento poderia ganhar mais dinheiro do que recebia de seguro-desemprego, bastava voltar a trabalhar fora. Mas a senhora O'Brien estava ainda melhor de vida do que ela: tinha o marido ao seu lado, o que era muito raro no residencial, e Adah se sentiu obrigada a lembrá-la disso. Ela se aproximou da senhora O'Brien para que as outras mães não escutassem.

"Mas, olha, o seu Bob é muito legal. Ajuda muito em casa".

A senhora O'Brien sorriu em agradecimento. Sim, ele era um em um milhão, ela disse. Ela não toleraria *nenhum* homem em casa o dia inteiro, mas com seu Bob era diferente. Ele era um anjo com as crianças.

A alegria brilhava em seus olhos. Bom, isso era algo que Adah não entendia, a mulher irlandesa estava apaixonada por seu Bob, mesmo que ele não trabalhasse pelo sustento deles — fosse verdade a fofoca e ele um preguiçoso, ou fosse verdade que ele não conseguia ganhar mais que dezesseis libras, ele ainda tinha merecido o amor e respeito dela; não era um fracassado aos olhos da mulher.

Nada mais fazia sentido. Adah começou a se sentir um pouco invejosa. Talvez fosse por isso que as outras mulheres fofocavam. Ela se impediu de seguir pensando.

As crianças saíram correndo como pássaros engaiolados que são soltos de repente. Os filhos de Adah a cobriram com coisas horrorosas que chamavam de pinturas. Houve a habitual confusão. Crianças gritando e mães histéricas ou sussurrantes. A última visão que Adah teve da senhora O'Brien foi reconfortante. Seus dois filhos crescidos estavam levando-a pela mão, aparentemente na direção da Charlie's, a loja de doces. A imagem foi momentânea. Os próprios filhos de Adah aglomeraram-se ao redor dela.

Talvez a vida não fosse tão ruim quanto parecia, nem sempre. Felizes, todos trotaram rua abaixo até o residencial. Ela segurou as pinturas das crianças no alto como cartazes, para espantar os maus espíritos.

DIA DE VISITA
DO MINISTÉRIO

Adah saltou da cama ao ouvir os gritos da senhora Cox.

"Deixe esse leite aí!", a voz gritava do lado de fora.

Adah saiu correndo do apartamento; o garotinho tinha aprontado de novo. Era muito engraçado, na verdade. O rosto sujo do garotinho espiou Adah, e o seu pequeno corpo branco rosado tentou desesperadamente escapulir da mãozona da senhora Cox.

"Se você roubar o leite dela de novo, vou chamar a polícia", a senhora Cox berrou, e o garotinho se encolheu, seus olhos brilhantes cintilando de terror. Quando ela o soltou, ele saiu em disparada, às cegas, para sua casa. Ele bateu a porta com tanta força que a senhora Cox e Adah pularam.

"Obrigada", disse Adah, ao se abaixar para recolher suas garrafas de leite. Esse era um acontecimento diário no residencial. Se você se atrasava na coleta das garrafas de leite pelas manhãs, elas simplesmente desapareciam. Ninguém se solidarizava quando você perdia seu leite, o jeito era manter uma boa vigilância. Era uma das regras tácitas do residencial.

"Acordem", ela gritou para os filhos que ainda estavam na cama. Ainda se sentindo muito preguiçosa para ir até eles, ela gritou mais uma vez aos dorminhocos.

Nesse momento, houve um ruído de batida na abertura da porta para correspondências. Um envelope marrom voou para baixo, sem vida, como a pena de uma galinha. Um envelope do tipo oficial. Adah observou-o preguiçosamente, adivinhando que era da escola das crianças. As pessoas da escola nunca tinham nada de bom para dizer. Talvez uma autoridade escolar estivesse alertando-a de que Titi não comia seus feijões cozidos e sua salada murcha. Ou que Vicky estivera entediado com os deveres no mês anterior. Fosse o que fosse, podia ficar esperando ali no tapete. Ela não queria estragar o dia inteiro por causa de algumas queixas incoerentes.

Ela subiu rápido. Os dois meninos tinham molhado a cama. O cheiro estava forte. Bubu estava tremendo, seu corpo nu, marrom e ossudo, sacudindo como numa dança sexual africana. "De novo isso", Adah reclamou.

"Sim, mãe, eu estava dormindo e fiz de novo", explicou o menino com inocência. Para ele, o motivo era racional o bastante, fizera porque estava dormindo.

"Bom, amanhã tente acordar quando quiser fazer; afinal tem um penico embaixo da sua cama. Precisa aprender a usar".

"Sim, mãe, eu usaria, mas está muito frio para sair da cama, e o chão é tão frio também".

Bom, o que ela podia responder a isso? As crianças não tinham roupa de dormir. O Ministério faria cara feia se ela pedisse mais dinheiro para comprar roupas de dormir. Deveria comprar essas coisas com o seu auxílio. Ela não culparia mais as crianças por molharem a cama. Teria que conviver com isso. Quanto mais culpasse as crianças por molharem a cama ou coisas parecidas, mais ariscas elas ficariam. Se pelo menos ela tivesse dinheiro suficiente para comprar roupas quentes, se pelo menos tivesse aquecimento suficiente nos quartos. Então se lembrou do envelope marrom no tapete. Carol, a Conselheira Familiar, tinha prometido escrever ao Ministério em nome dela, solicitando uma ajuda de custo para sapatos. A carta no tapete poderia vir deles. Ela desceu correndo, os lábios em preces silenciosas, o coração batendo tão rápido que ela pensou que explodiria. Recolheu o envelope com mãos trêmulas. Sim, era do Ministério mesmo.

"Um dos nossos funcionários vai visitá-la hoje, dia 17. Lamentamos não poder especificar um horário".

Eu realmente gostaria que essa gente avisasse os horários de visita, Adah pensou. Ainda assim, havia agora uma vaga esperança de que as crianças teriam sapatos decentes para os próximos três meses. As roupas de dormir? Não, ela não mencionaria isso, ou o funcionário a julgaria gananciosa. O problema era que ela precisava de tantas coisas. Roupas de cama, camas, dinheiro para os pagamentos do fogão a gás que ela estupidamente comprara quando ainda trabalhava.

"Vamos lá", ela cantou alegremente para os filhos. Feliz. As crianças pelo menos teriam sapatos e galochas. Deus abençoe Carol.

As crianças comeram creme de ovos no café da manhã. Havia um pouco de arroz do dia anterior, e algumas comeram um pouco também. Ao diabo com as refeições equilibradas! Só dá para pensar em equilibrar refeições quando há comida suficiente. De qualquer forma, a dieta das crianças se equilibraria na escola. Quanto a ela mesma, faria uma visita a Carol e garantiria uma boa xícara de café forte com leite. O leite no café a equilibraria pelo resto do dia, ou ao menos o suficiente até as crianças voltarem da escola. Aí comeria mais arroz. Arroz tinha gosto bom. É barato e satisfaz.

Ela apressou as crianças. Elas se vestiram ligeiro. "Por favor, me espere, não vou demorar", dizia o bilhete que ela deixou na porta para o caso do funcionário do Seguro Social aparecer enquanto ela estivesse fora. Levou as crianças para a escola e pegou um galão de parafina com o dono da loja no fim da rua. Prometeu pagar na semana seguinte. Não havia problema: era uma cliente antiga e conhecida. Limpou o apartamento rápido, tirou o pó dos poucos móveis de madeira e acendeu o aquecedor com a parafina comprada fiado. Aqueça-se agora, pague depois.

Às dez horas, ela estava com tanta fome que decidiu cozinhar o arroz que guardara para a noite. Ela comeria apenas umas colheradas, prometeu a si mesma. Afinal, o arroz a deixava gorda, ela precisava cuidar da cintura. Bom, quando o arroz estava pronto, ela esqueceu-se da cintura e esqueceu que a porção que havia cozinhado era para seis. Comeu tudo. Pelo menos isso a deixaria alegre e alerta para quando o homem chegasse. Ela começaria uma dieta na semana seguinte. Sabia que precisava perder no mínimo um quilo inteiro. Então ficaria realmente bonita. Agora ia tomar banho, decidiu. O arroz dera tanta energia. O gasto com o gás? Bom, na semana seguinte o Ministério daria algum dinheiro para os sapatos, então ela podia se dar ao luxo de um belo banho enquanto esperava. Era um banho extra na semana. Ela só se permitia três banhos por semana a fim de economizar gás. Depois do banho, estava feliz consigo mesma. Julgou que estava com aparência e cheiro bons. "Pelo menos o funcionário não vai pensar que sou suja".

Ouviu a batida na porta. Ah, devia ser ele, por favor Deus, que seja. A parafina dava um ar aconchegante à sua casa, mas puxa vida, estava queimando muito rápido. Ah, não era ele. Era Whoopey.

"Olá, Adah", disse Whoopey. Ela tinha uma voz quebradiça, tinha mesmo. "Adah, tenho algo pra contar. Tem umas roupas velhas que chegaram na Carol. Ela recebeu hoje de manhã. Não pode perder, elas vão ser tão boas pras crianças. Devia correr e pegar agora, vai lá".

"Mas eu não posso", lamentou Adah torcendo as mãos. "Os poderosos homens do Ministério estão vindo me ver hoje. Não posso sair de casa ou eles não vão me encontrar".

"Eles vêm? Quer dizer... você está mesmo bonita. É para eles? Ai, caramba".

"Bom, como eles disseram que viriam, eu pensei em limpar um pouco. Você sabe, só para ficar bonito, entende". Adah se viu pedindo desculpas por ter tomado um banho e vestido roupas limpas tão cedo de manhã. Isso era parte de morar no fundo do poço. Todo mundo sabia o que os outros estavam fazendo. Tomar um banho e vestir roupas limpas era muito incomum. Àquela hora da manhã, quando as crianças tinham ido para a escola, as mães ficavam livres para conversar nas varandas com montes de rolos nos cabelos e chinelos esfarrapados nos pés. As pessoas só se arrumavam quando tinham que levar um dos seus ao médico ou ao dentista.

"Cuidado, esses homens se aproveitam, você sabe", disse Whoopey sacudindo a pequena cabeça com veemência, como um lagarto africano descansado à sombra.

"Vou ter muito cuidado", prometeu Adah. Ela também tinha histórias engraçadas com os funcionários do Seguro Social. Mas, no residencial, uma das coisas mais difíceis de se fazer era diferenciar fatos de fantasias. Whoopey parecia bastante sincera, entretanto, então talvez houvesse um fundo de verdade nas suas palavras, poderia muito bem haver.

Whoopey suspirou. "Meu conselho é: não se dê o trabalho de aquecer a sala para eles. Vão pensar que você está bem de vida. Por que não age conforme o que você é, garota? O que acha que está fazendo? Você é *pobre*, deixe que os sujeitinhos saibam que você é pobre e pronto. Por que os imbecis estão vindo mesmo?".

"Para nos dar dinheiro para sapatos", respondeu Adah com a voz fraca.

"São uns nojentos! Se a sua casa estiver quente e você bonita, eles vão pensar que você recebe uma renda extra sabe Deus da onde, e podem não aprovar a bolsa, você sabe. Você precisa choramingar o tempo todo, e gritar aos quatro ventos que não tem sustento. Quanto mais reclamar, mais auxílio você ganha. Se quiser parecer toda madame com eles, não vai receber nada de nada. Somos pobres, e os malditos querem que a gente pareça pobre. Não se dê o trabalho mesmo, Adah, e boa sorte. Vou estar por aí se algum deles tentar agarrar você. Só grite bem alto. Você está mesmo bonita, devo dizer. Coloque umas cinzas no rosto e na cabeça...", a voz de Whoopey se esvaiu por trás da varanda.

Adah ouviu todos os barulhos que vieram de fora, mas ninguém bateu à porta. Uma da tarde e ainda nada do funcionário do Seguro Social. Ela estava ficando com fome de novo. Esse era o problema de ficar em casa infeliz. Dava vontade de comer o tempo todo. De qualquer forma, não havia nada para comer em casa, já que ela ainda não fora fazer compras. Olhou para o aquecedor e soube que estava desperdiçando a parafina. Que maldito desperdício. Estava aos prantos agora. Os homens não viriam. Às três da tarde os funcionários do Seguro Social estariam tomando seus cafés e chás, rindo das experiências do dia. Adah não gostava da forma que os menos afortunados eram tratados. Mas ela não julgaria os funcionários, não exatamente. Eles esperavam que todos os beneficiários do auxílio estivessem em casa, apesar do fato da maioria ser de mulheres com filhos pequenos. Ela não pudera fazer compras por medo de perder o funcionário do Seguro Social, então ficara em casa comendo mais do que podia pagar. A parafina já estava no fim. Cansada, ela se abaixou e desligou o aquecedor. Os homens poderiam vir no dia seguinte. Ela teria que pedir emprestada mais meia coroa para comprar mais parafina para o aquecedor a óleo. E provavelmente sentiria a necessidade de tomar mais um banho.

Ela se arrastou para fora a esmo até a varanda e viu Carol conversando com a senhora King no meio do pátio. Carol olhou para cima e chamou "Venha, Adah, ou está muito ocupada? Venha tomar café!".

"Já vou descer", ela gritou de volta, feliz de escapar de sua tristeza particular.

Viver no fundo do poço tinha suas próprias vantagens e consolos. Sempre havia amigos afetuosos e sinceros. Amigos que sentiam prazer em desprezar as leis da sociedade. Algumas mulheres se satisfaziam em ter mais e mais filhos, um jeito de causar sofrimento à sociedade que as forçara a viver no poço. Algumas gostavam de atacar os funcionários do Ministério do Seguro Social, outras começavam a beber. Muitas mulheres no poço se consolavam comendo demais. Qualquer coisa combina com peixe e fritas e bolinhos baratos muito gordurosos — era uma das razões que explicava suas silhuetas distorcidas, com cinturas e quadris que pareciam travesseiros estofados demais.

Adah atravessou o pátio até o escritório de Carol. Todos os frequentadores dali sabiam de sua decepção. Depois de alguns minutos, Adah percebeu que não era a primeira. Muitas delas tinham vivido experiências similares. Bom, era reconfortante ver que muitos partilhavam de um azar como seu.

"Anime-se, Adah", consolou Carol. "Vou ligar para eles agora mesmo".

Carol telefonou, e o funcionário que atendeu prometeu dar uma olhada. Sim, o funcionário ia verificar, enquanto gente como Adah — mães separadas, pensionistas idosas, e os muito pobres — esperavam no fundo do poço roendo as unhas.

OS MORADORES DO POÇO

A dah estava ocupada arrumando algumas das roupas que pegou no brechó quando seus devaneios foram subitamente perturbados por um barulho dilacerante. O ruído era penetrante demais para ser um dos sons comuns do dia a dia. Ela saiu para a varanda e viu crianças, em coloridas roupas de verão, reunidas perto da porta de número X. Mães e pais das varandas de cima colocavam as cabeças para fora para assistir de camarote. Era a família King. Eram eles mais uma vez. A briga de sempre.

"Vá embora, seu vagabundo idiota! Não preciso de você, então nunca mais volte pra cá, desgraça".

A senhora King gritava com seu marido, sua voz grasnando e uma espécie de espuma escorrendo ao redor da boca trêmula. Adah se aproximou na ponta dos pés, como alguém possuído.

A raiva realmente dominara a senhora King.

"Não preciso de você, eu ganhei o apartamento do Conselho no meu nome, então vá embora para os bares e buracos dos infernos que você se mete na bunda da sua mãe!".

As crianças faziam torcida, ainda que o significado da última frase da senhora King fosse ambíguo mesmo para os adultos.

"Vai ver quando eu te pegar, sua vaca!", rosnou de volta o marido, um homem tosco e sujo, de idade incerta. Ele estava de pé com as pernas abertas, agarrando um pedaço de pano sujo com a boca. Curvava a cabeça para se concentrar. Ele estava preocupado com as suas calças, tentando fazer alguma coisa com elas. As calças não paravam na sua cintura. Em algum momento ele pegou o trapo da boca e passou por alguns buracos na parte de cima da calça, amarrando-a firme na cintura. Assim equipado, ele estava pronto para enfrentar a esposa. Ele disparou como um touro gigantesco em direção à porta, exigindo entrada. A senhora King tinha trancado a porta com segurança. Os sete filhos deles estavam do lado de fora, observando, infelizes. Todos pareciam sentir frio, mesmo que a tardinha estivesse agradável. O bebê agarrava-se à irmã mais velha. A mãe deles não tinha condições de segurá-lo.

"Ela está sempre brigando assim com seu homem, você sabe", isso veio de uma senhora que tinha testemunhado tudo. Ela estava falando com Adah e um grupo de pessoas incomodadas que estavam assistindo, impotentes, incapazes de fazer qualquer coisa. "Ela é uma vaca. Uma vaca velha imunda, uma maldita inútil também", ela acrescentou, elevando a voz. Ninguém respondeu.

"Você nunca teve um dia de trabalho honesto em toda sua vida. Seu idiota podre, podre. Se bater nessa porta de novo, vou chamar a polícia", a senhora King ameaçou.

O senhor King não era o tipo de pessoa que tinha medo da lei. A polícia não podia fazer muito por uma esposa espancada. Às vezes parecia que o matrimônio, além de ser uma maneira dos homens conseguirem sexo gratuito quando quisessem, também era uma forma legalizada de cometer agressões e sair impunemente.

O senhor King disse à guisa de explicação: "Ela quer me mandar pra longe pra poder trazer seus outros homens e receber muito dinheiro do Ministério do Seguro Social".

"É, vai, diz o que quiser. Não vou aguentar mais você aqui. Você me dá dez libras para alimentar nós nove, pagar seus malditos cigarros e suas bebidas fedidas. Ah, não, estou de saco cheio de você". A senhora King se desmanchou em lágrimas. Todos lamentavam por ela. Mas esse era o padrão de vida no residencial, e alguns sentiam pena do senhor King também.

O senhor King, cansado, sentou nos degraus em frente ao apartamento. Tinha desistido de discutir. Seus filhos olhavam para ele com uma vergonha misturada a horror. Eles pareciam ter mais empatia pela mãe do que pelo pai. Um dos meninos se afastou até seus amigos. A senhora King esticou a cabeça para fora da janela da frente, viu o marido e puxou a cabeça de volta para dentro. A cabeça saiu um segundo depois, dessa vez com a mão estendida também. Ela segurava um balde de plástico vermelho. Rapidamente despejou o conteúdo sobre a cabeça do marido desavisado, como se o batizasse. Ela não o queria sentado ali. O senhor King tentou desferir um golpe às cegas, mas sua esposa o conhecia muito bem e foi mais rápida. Ela fechou a janela com um estrondo. A senhora King parecia estar chorando. Só Deus sabe o que teria acontecido naquela noite se o marido tivesse colocado suas mãos nela. Ele bateu à porta, agora com a intenção de derrubá-la. Usou os dois cotovelos, a cabeça e os pés. A porta estava prestes a ceder quando um de seus filhos, adivinhando qual seria o destino da mãe, jogou nele uma garrafa de cerveja quebrada e saiu correndo. A cabeça do senhor King começou a sangrar. Ele soube que era uma batalha perdida. Segurou a cabeça com as duas mãos, como a figura do condenado em *Grandes esperanças*, e saiu mancando, deixando um trilho de sangue atrás de si.

Assim a senhora King se uniu às famílias sem pai. Talvez ela não tivesse se unido se ela e o marido estivessem vivendo em outro lugar, mas no residencial ela via famílias sem pai que estavam muito melhores. Aquelas no alto podiam se dar ao luxo de falar sobre amor. Claro, elas advertiam, as famílias devem se amar: esposas, afinal, se casam na alegria e na tristeza, e não devem se esquecer disso. Bom, muitas mulheres no Pussy se lembravam bem. Mas, quando a família era grande, e o marido não conseguia ganhar o suficiente para mantê-los longe da pobreza, e, ainda por cima, se dava o direito de trazer apenas parte da renda para casa, então o amor original estava fadado a morrer. O amor é como uma coisa viva. Tem que ser alimentado, cuidado e até mimado para resistir ao tempo. Quantas mulheres de classe média aceitariam um bêbado falido saltando sobre si na cama, como um animal, só porque era o dono dela?

O senhor King deixou o Pussy relutantemente e transformado num homem triste. Nunca mais voltou. Quando, meses depois, todos no Pussy estavam sendo realocados, a família King se foi, sem o senhor King.

Quando o barulho tinha apaziguado, a senhora Ashley, que estivera observando, se voltou para retornar ao seu apartamento. "Ah, nem se incomode com os Kings", ela disse para Adah. "O marido não presta, ele bebe o tempo todo. Não dê bola, minha querida, alguns homens são ruins e egoístas. Olha, o meu quer que eu fique bonita. Quando faço um penteado, ele fica todo vermelho. É maldade, é o que eu digo. Bom, minha querida, ninguém quer mais esses apartamentos", continuou a senhora Ashley, mudando rápido o assunto da conversa, "eles fazem mal para a saúde e para a mente. Todos nós queremos sair daqui, e queremos há anos. Os inquilinos já pagaram ao Conselho o dobro do que eles gastaram para construir. Eu lhe aconselho a vir participar da Associação de Inquilinos. Nos encontramos às segundas-feiras e lá discutimos o que vai acontecer. Não podemos continuar assim". Ela parou de repente, esperando para ver se Adah a acompanhava. Ela deu um tapa no próprio rosto por acidente, tentando espantar uma mosca barulhenta.

Adah concordou em participar e isso deixou a senhora Ashley muito feliz.

A multidão na porta da família King começou a se mover para longe, sem vontade, em busca de outro divertimento. A senhora Murray viu Adah e a senhora Ashley juntas, e então caminhou até elas para uma conversa. A senhora Murray era viúva, uma viúva magrela e com cara de doente com montes de roupas velhas e chinelos gastos. Ela era boa de dentes, o que a tornava um tanto quanto singular. O apelido dela era "a Princesa". Um dia já fora uma mulher muito bonita, mas uma grande parte dela morrera com o marido. A morte dele a devastou por completo, como Humpty Dumpty, a tal ponto que nenhuma medida de solidariedade e de socialização era capaz de trazê-la de volta. Ela mancou pela varanda até o lugar onde Ashley e Adah estavam falando sobre os Kings.

"Ele não presta, aquele homem. Mas foi culpa dela. Ela deixou que ele a engravidasse e permitiu que ele bebesse. Bom, ele não sabia quando parar", a Princesa comentou, olhando da senhora Ashley para Adah, sem saber se tinha ganhado um ponto ou não. A senhora Ashley, como de costume, estava balançando a cabeça, concordando. A massa de cachos de cabelo ruivo dançava alegremente. A Princesa caiu de novo no silêncio. Sua caminhada manca e seu pequeno discurso a tinham exaurido. Ela tirou um grampo do cabelo e passou a palitar os dentes. Não tinha talento natural para conversas, mas, mesmo assim, era boa para começar um bate-papo. A senhora Ashley seguiu o fio da meada, e elas discutiram tudo que havia para ser discutido sobre os Kings, e terminaram com a triste história da Princesa e seu marido que tinha morrido dez anos antes. A Princesa inclinou a cabeça para o lado como uma mártir. Estava apreciando causar pena. O que a deixava ainda mais digna de pena.

"Fui ao tribunal ontem", ela declarou de repente.

"É? Para quê? Você está com algum problema?", a senhora Ashley perguntou.

"Bom, o Conselho Assistencial me levou a juízo. Eles queriam saber por que aceitei um emprego de faxina sem declarar o valor".

"Essas pessoas são terríveis!", disse a senhora Ashley, cutucando Adah nas costelas. Para Ashley, as pessoas ou eram "queridas" ou eram "terríveis". Ela parecia ser capaz de usar apenas esses dois adjetivos para descrever todos seus sentimentos pelas pessoas.

"Eles me disseram *você não está ganhando mais do que quando seu marido estava vivo?*".

"Ah, isso foi uma coisa terrível de se dizer", disse Adah, pegando emprestado o adjetivo preferido da senhora Ashley. "Afinal você não o matou, não é? Você não poderia matá-lo só para receber dinheiro! Eles não têm sentimentos, esses burocratas de cabeça dura". Adah, esquecendo-se de que estava na Inglaterra, cuspiu no chão, como as pessoas de sua tribo fariam quando falavam de qualquer coisa que julgavam detestável.

"Nunca matei ninguém. Nem um milhão de libras poderia substituir meu Toby. Eles não sabem do que falam, esses homens", a Princesa continuou cheia de lágrimas enquanto a senhora Ashley balançava a cabeça de novo e, a cada tanto, dizia "terrível, terrível".

"Mas o juiz foi mais humano. Ele me disse *vá embora e não faça isso de novo*, como se eu pudesse, com esse maldito pé".

"Notei que você está mancando, o que houve com seu pé?", perguntou Adah.

"Tá doendo. Tenho que usar calça quase o tempo todo e não posso mostrar as pernas para atrair os homens", a Princesa lamentou.

"Uau", gritou a senhora Ashley. "Eu não sabia que você tinha um homem!".

"Você ficaria surpresa. Tive um encontro dia desses".

Adah e a senhora Ashley acreditaram. Afinal, a Princesa não era uma mulher feia, apenas uma alma simples pedindo compaixão.

Havia todo tipo de história correndo no residencial Pussy Cat sobre amizades coloridas. Mulheres separadas não tinham permissão para ter "amigos coloridos", a expressão usada para amigos homens. Se uma mulher fosse regularmente vista com um, ela teria que ouvir. Os funcionários do auxílio iam querer saber se o namoradinho ajudaria com o sustento da mulher e, se sim, com quanto, para que isso fosse deduzido do auxílio semanal. Claro, eles em geral afastavam os amigos coloridos. As mulheres não apenas tinham que ser pobres, mas tinham que se abster de sexo também. As chances de casarem ou conseguirem um novo casamento eram reduzidas a quase nada.

O argumento social era que, se alguma dessas mulheres tivesse permissão para fazer sexo com seus amigos homens, sempre haveria bebês indesejados, e isso resultaria numa renda em dobro, em parte dos amigos coloridos, em parte do Setor de Auxílios. Bom, talvez fosse verdade. E quanto à moral da secretária de classe média num escritório? Quem reclamava das tais secretárias pessoais e enfermeiras particulares? Elas não recebiam presentes dos criadores do Sistema para quem trabalhavam? O problema do Sistema nessa questão era que ninguém sabia onde a definição de solteirona respeitável terminava e começava a de prostituta. Além disso, com a popularidade da pílula, o diafragma, gel contraceptivo e aborto gratuito, como seria necessário que a sociedade fosse tão desumana? Para a maioria dessas mulheres, sexo era como comida. O amor estava morto, exceto o amor maternal que elas tinham naturalmente pelos seus filhos. Ser privada de sexo, em especial as mulheres ainda na faixa de vinte anos que já tinham sido casadas, era provavelmente um dos motivos pelos quais lugares como o residencial Pussy Cat costumavam ser terra fértil para a reprodução de vândalos e gerações de mães solteiras. O pequeno grupo conversava, fofocava e ria; todas felizes. Elas encontravam alegria na tristeza comunitária. Crianças corriam entre as pernas delas, contentes ao se verem perto de suas mães. Adah não tinha mais saudade de casa. Estava começando a se sentir um ser humano de novo, com um papel definido a desempenhar, mesmo que o papel tivesse que ser no fundo do poço. Era sempre bom e acolhedor no poço.

Naquela noite, ela agradeceu a Deus por suas boas vizinhas.

É DIA DE PAGAMENTO

Era uma segunda-feira. Desde a infância, Adah sempre odiou segundas-feiras. O fato de que chovera na noite anterior não melhorava a situação. Preguiçosamente, ela colocou a mão para fora de camadas e camadas de cobertores de segunda mão, doados a ela por Carol. Só Deus sabia onde Carol os havia conseguido. Com um dos dedos, ela desenhou um círculo na parede, e água começou a correr dele. Como sempre no residencial Pussy Cat, chovia dentro tanto quando fora nos dias úmidos. Ela rezou para que as crianças não acordassem tão cedo quanto ela e se encolheu para dentro das profundezas da cama quente.

As preces foram tardias. "Mamãe, eu acordei antes". Uma das meninas já estava de pé. Por que as crianças não podem esperar até serem chamadas?

"Mamãe, acorda! É de manhã", repetiu Dada com a voz urgente e impaciente.

"Tudo bem, não vou demorar, querida". Não adiantou, pois a menininha já estava dentro do seu quarto. Ela vestia um macacão de homem. O macacão era cinza, rasgado e cheio de furos. Mas aquecia, motivo pelo qual Adah o tinha pegado no brechó. Era muito comprido para a criança, então para lhe conceder beleza e glamour, Adah o tinha afinado no meio com uma velha e antiquada gravata vermelha. Às vezes ela imaginava as pessoas que tinham sido donas das velhas roupas. Para aliviar a consciência, ela costumava fervê-las antes de passá-las às crianças.

"Diga bom dia à mamãe".

"Bom dia, mamãe", cantou a menina. "Eu não molhei a cama hoje. Olha, mamãe, olha, eu não molhei a cama".

"Muito bom, isso é muito bom", disse Adah se levantando, já que não tinha escolha. Teria gostado de ficar mais na cama.

"Onde está minha moedinha?", perguntou a menina.

"Que moedinha, para que você quer uma moeda tão cedo de manhã?", perguntou Adah enquanto arrumava a cama e se virava para olhar a filha.

"Você disse que me daria uma moeda se eu não molhasse a cama. Você disse, sim, disse. Você disse, mãe". A voz da menina estava engasgando perigosamente num começo de choro. Adah não aguentaria isso tão cedo de manhã.

"Mas eu só prometi dar uma moeda pelo seu dente. Não me lembro de prometer que daria nada quando ficasse com a cama seca. Mas vou pensar nisso. Se você se comportar, ganha".

"Ah", a voz da menina oscilou ainda mais perigosamente. Ela desistiu de falar e começou um choro baixo e lamentoso.

"Eu prometo. Vou dar a moeda quando você voltar da escola. Mas, se chorar, a penalidade vai ser perder o dinheiro".

"O que é penalidade? O que é penalidade, mãe?".

"Não importa, deixa para outra hora. Suba lá para cima. Eu já vou para o banho, então você ficará bem limpinha para a escola".

Tranquilizada, a menina correu para cima, gritando sua vitória para os outros. "Vou ganhar uma moeda hoje! Vou ganhar uma moeda hoje".

"E daí?", a voz de Titi atravessou o quarto.

A batida na porta anunciou a chegada do leiteiro. Adah tinha pedido que ele desse uma batida forte na porta quando fizesse a entrega para que os ladrões de leite não caíssem em tentação. Ela se enrolou na lappa e foi para fora. O garotinho do número X, que geralmente furtava seu leite, a viu sair e, sabendo que perdera o prêmio do dia, deu a Adah um sorriso inocente e se recolheu para dentro da sua casa, mas só por um momento. A cabeça loira apareceu de novo, seguida de um sorriso de bebê. Para ele, era como brincar de esconde-esconde. Adah sorriu de volta, feliz que ele não recebera uma nova chance de ser um ladrãozinho. Voltando-

-se para a própria porta, ela percebeu que o cachorro preto no número X estava esperando impacientemente que ela entrasse. O cão queria fazer seu cocô matinal.

"Sai daqui, idiota", ela disparou ao cachorro, depois de garantir que três quartos de seu corpo já estavam em segurança dentro do apartamento. "Sai daqui, entendeu? Vai fazer na sua porta. Por que tem que vir aqui afinal? Sai". O cachorro parecia estar pensando, pois olhou para Adah com piedade. Infelizmente, o chamado da natureza era iminente e forte. O cachorro não se moveu um centímetro. Só a observou sem entender nada.

A senhora gorda da porta ao lado bamboleou para fora ao ouvir a vozinha de Adah. Ela vestia um velho roupão folgado de cor completamente desbotada. Fios do cabelo solto pairavam ao redor da sua face como penas molhadas. Ela segurava um velho esfregão com suas grandes mãos masculinas e gritou com o cachorro em sua voz poderosa, cutucando-o com o esfregão imundo. O cão, enojado, se afastou e correu. A senhora Cox abriu sua boquinha e riu, a saliva da manhã em sua boca ainda não lavada borbulhando com animação. Adah se juntou ao riso, faceira e grata.

"Você precisa de um belo trapo como o meu", vangloriou-se a senhora Cox. "Assusta esses cães desgraçados. Olha só, sabia que não é permitido ter cães nesses buracos? Mas ninguém dá a mínima para essa porra de lugar abandonado. As pessoas fazem o que querem. Desgraçados malditos".

"Sim, eu sabia, o que eu não entendo é por que aquele cachorro escolhe a minha porta em vez de outro lugar. Eu não me incomodaria se ele fosse em outro lugar, não mesmo".

"Você está perto da lixeira, é por isso. Por causa dela que os inquilinos que moravam aí antes se mudaram. A lixeira tem um cheiro horrível. Diga que façam alguma coisa com ela. Eu não pagaria o aluguel, não mesmo".

As duas riram, porque, no residencial Pussy Cat, reter o aluguel era a única arma que os inquilinos tinham. Os funcionários do Conselho ameaçavam despejar os inquilinos, mas costumavam ceder porque, quem mais, exceto talvez gente sem-teto, moraria nos apartamentos vagos do Pussy?

A senhora Cox estava sempre interessada em um bom papo; sete horas não era cedo demais para ela. Ela já estava pronta para uma conversa àquela hora da manhã. Infelizmente, Adah tinha que preparar as crianças para a escola. "Sim, querida, já vou", Adah gritou à porta para passar à vizinha a impressão de que uma das crianças tinha chamado. Ela rapidamente se refugiou no apartamento, antes que a senhora Cox pudesse se dar conta de que tinha sido enganada.

A senhora Cox tinha uma boa alma, mas era uma mulher frustrada. Tinha morado no residencial Pussy Cat "toda a sua vida desde a guerra". Adah não sabia qual guerra. Todo mundo sempre dizia "depois da guerra". Se era a última guerra ou a anterior ou ainda alguma antes, ela nunca pôde descobrir. A senhora Cox tinha cara de sessenta anos, mas ela ouvira a Conselheira Familiar dizer numa ocasião que a senhora Cox tinha apenas quarenta e nove. Sua silhueta, se é que dava para chamar assim, tinha sido irreversivelmente deformada ou por trabalhar demais, ou por comer mal, ou por estar sempre grávida. Não havia demarcação entre seu busto, cintura e quadris. Tudo junto, formavam um grande bloco cilíndrico. Os filhos dela já estavam crescidos. As meninas viviam com ela, com seus próprios bebês. Uma delas já fora casada, mas voltou à "mamãe" já que Fred estava no "casarão". A outra tinha três crianças de cor e, como não queria perder a respeitabilidade, ela voltou para a mãe. A senhora Cox tornou-se "mãe" de todos. Às vezes mais que uma mãe, mais como uma Velha Sábia da classe trabalhadora, como Ena Sharples no seriado da tevê *Coronation Street*. A senhora Cox também remetia Adah às matronas africanas: você não pede ajuda, elas simplesmente ajudam você. Elas, como a senhora Cox, têm essa noção de ajuda mútua que está arraigada nas pessoas que conhecem um modo de vida comunitário e não individualista.

Dentro do apartamento de Adah, as crianças estavam tomando café da manhã. "Vamos comer ovos amanhã de manhã?", perguntou Bubu, dando um grande suspiro de tédio diante da grande cumbuca de cereais à sua frente.

"Sim, querido, vou no correio hoje pegar algum dinheiro

e comprar ovos na Crescent, e você pode comer amanhã. Mas, por enquanto, termine o cereal. Eles fazem bem. Pense em todas aquelas crianças em Biafra!".

"De novo com isso", comentou Titi, a menina mais velha.

"Bom, é verdade, não é? Você gostaria de ir para Biafra?".

"Por que eu iria para Biafra? Eu nem sei onde isso fica. E não quero ir. Então!".

Adah olhou pensativa para a menina de seis anos que pensava saber de tudo. O mais engraçado era que ela não tinha medo de dar sua opinião, nem mesmo para a mãe. Ela tinha tentado contar coisas bonitas da Nigéria para seus filhos, as graciosas palmeiras, limonada com coco e tudo mais, mas eles ficavam apenas curiosos, nunca comovidos. Faziam com que Adah se sentisse tão velha, como se estivesse falando de outro mundo e não de um lugar que ela tinha deixado apenas alguns anos antes. "Não digam isso na escola", ela advertiu, "não digam que vocês não sentem orgulho de seu país".

"Quando eu crescer, vou escolher meu país, mas não agora", foi a rápida resposta de Titi.

"Eu não acho que vou querer ovos amanhã", disse Bubu mudando suas pequenas ideias. "Acho que quero ganhar doces hoje mesmo".

"Bom, você não pode comer doces no café da manhã, ninguém pode", disse Adah.

"Alguns amigos meus comem", comentou Vicky. "Alguns comem até batata frita".

As crianças conseguem ser tão ilógicas, Adah pensou, mas sabia que era hora de encerrar o debate. Ela nunca ganharia mesmo. Qual era o objetivo?

Então, do nada, Bubu esticou a cumbuca de cereal e virou-a. Os cereais ensopados tinham uma aparência patética, como folhas de outono caídas. Adah ficou zangada. Ergueu Bubu de sua cadeira molhada e deu duas palmadas no bumbum. Ao inferno com o Dr. Spock ou fosse quem fosse que pregava tolerância total com as crianças! Só dava para deixar as crianças fazerem o que quisessem se você tinha uma ou duas, além de uma casa ideal com um marido ideal de cinema, que estaria pronto para trazer rios de dinheiro, Adah pensou consigo mesma. *Isso vai lhe dar uma lição. Cereal custa caro. Muito caro.* As crianças se comportaram muito bem pelo resto da manhã. *Tenho certeza de que eles vão crescer e me odiar, essas crianças,* ela concluiu desolada. *Queria conseguir controlar minha raiva. De qualquer modo, Bubu só tem quatro anos, ele vai esquecer quando for maior. Não posso ser odiada pelos cinco. Não foi Jesus quem disse que apenas um leproso curado voltou para agradecer, depois de dez terem sido curados? Bom, não vou ter dez filhos para garantir que um será grato. Vou fazer o melhor que puder e não mais que isso. Não vou fazer a vontade deles e deixar que comam doces no café da manhã só para ser lembrada na velhice. Doces fazem mal para os dentes.*

"Vocês sabem, não é, que doces fazem mal para os dentes. Vocês não querem começar a ir no dentista antes de crescerem, querem? Olhem para os meus dentes. Eu nunca fui ao dentista, e eles estão perfeitos. Sabem por quê? Nunca comi doces na idade de vocês", Adah disse, tentando se controlar.

Titi explodiu numa gargalhada.

"Qual é a graça?".

"Nada, só me perguntei se existiam lojas de doces quando você era criança, na África".

"Cala essa boca suja", gritou Vicky, de saco cheio com a coisa toda.

Adah ferveu uma chaleira d'água e levou-a até o banheiro. O sistema de água quente disponível demorava tanto tempo para funcionar que era sempre mais rápido e mais fácil ferver sua própria água no residencial. As crianças se lavaram e Adah as levou à escola.

O correio ficava na Queen's Crescent. A fila alcançava a caixa de correio do lado de fora. Havia muita gente recebendo o seguro-desemprego, benefícios complementares ou outros auxílios. A maioria recebia o dinheiro nas segundas-feiras.

"Ad, venha aqui, fure a fila". Era Whoopey, a filha da senhora Cox.

"Não pode fazer isso!", gritou o atendente do correio.
"Ah, cale essa sua boca e faça seu trabalho", Whoopey gritou de volta com a voz estridente.

As brigas e obscenidades que se seguiram fizeram o pobre homem trabalhar ainda mais. A discussão não foi séria, pois todos conheciam a estridente Whoopey. Elas pegaram o dinheiro e foram para uma nova fila no escritório dos aluguéis. Whoopey ficou impaciente.

"Queria ficar com o dinheiro e esperar que eles viessem buscar. Odeio essa maldita espera".

"É um incômodo", concordou Adah, "mas quero reclamar dos cachorros, então tenho que esperar".

"Vou esperar com você então. Você não grita alto o suficiente, esse é o seu problema. Vou fazer a gritaria por você. Precisam dar um jeito nesses cachorros". Whoopey acendeu seu cigarro e fumou nervosa, seus olhos afiados e vigilantes.

Whoopey era tão diferente de sua mãe. Ela era pequena, inquieta e agitada. Sua mente também era capaz de mudar de um assunto a outro, como alguém podia trocar de uma estação a outra do rádio. Ela enrugou as sobrancelhas. Estava pensando. Cutucou Adah.

"O Ministério já visitou você? Ficou esperando por eles aquele dia. Foi uma pena".

Adah detectou um tom de humor reprimido na voz de Whoopey. Ela lembrou-se dos conselhos dela naquele dia: "Não arrume a casa para eles, eles não merecem". Ela sorriu agradavelmente, lembrando que o dinheiro ainda estava por vir. "Não, ainda estão analisando", ela respondeu.

"Sim, eu sei, às vezes eles levam muito tempo para analisar. Eles levaram malditos três meses para analisar o fato de que eu precisava de uma cama para dormir. Fiquei furiosa. Anda, bonitão".

O último comentário era para um velho perplexo que ficou tão surpreso ao ser chamado de "bonitão" que seus joelhos começaram a tremer visivelmente. Whoopey riu e cutucou Adah nas costelas. "Aposto que ele acha que gostei dele, coitado".

"Com certeza ele já nem lembra o que se faz numa cama. Você devia ensinar, mas lembre-se de colocar o dinheiro da pensão dele na sua bolsa antes, pobre coitado", concluiu Adah.

Elas continuaram conversando amenidades para passar o tempo e para esquecerem o fato de que a fila estava andando lentamente. Por fim, Whoopey entregou seu cartão de aluguel.

"Quanto você vai pagar essa semana?", o atendente perguntou, o rosto virado para Whoopey, que estava dando baforadas na pontinha de um cigarro queimado. Aparentemente havia aluguéis em atraso. Whoopey não gostava que perguntassem desse jeito, não quando havia gente olhando. Seu aborrecimento transparecia no modo como dava baforadas e suspirava e causava uma demora deliberada.

"Quanto você vai pagar essa semana?", o atendente perguntou com a voz um pouco mais alta, demonstrando que ele também estava perdendo a paciência. Era um erro dele, perder a paciência com gente como Whoopey, porque era paciência desperdiçada. Ela ia aproveitar.

"Tudo bem, quem disse que sou surda? Quatro libras. Acende o meu fumo, por favor", ela disse para outra inquilina do Pussy Cat que estava de pé quase no fim da fila. Com o cigarro aceso, ela voltou ao seu lugar.

O atendente ainda estava embasbacado com ela. "Você não pode pagar só quatro libras, isso não dá nem para uma semana, que dirá de...".

"Eu sei, chega", Whoopey disse com a fala arrastada. "Se não pegar as quatro libras, não vai ver esse dinheiro de novo. Vou gastar tudo, e não vai ter nada pra vocês pegarem de mim e vou dizer na prefeitura que você recusou o dinheiro. É melhor pegar e cuidar da sua vida, as dívidas são problema meu, não tem nada a ver com você. Certo?", não fazia sentido discutir com Whoopey. Antes que o atendente se recuperasse, ela mudou de assunto.

"A porta de Adah está sendo usada por uns cachorros miseráveis como banheiro. Fale, fale pra ele!", Whoopey deu um leve empurrão em Adah.

O pobre atendente olhou de Whoopey para Adah e de volta para Whoopey. Por fim, ele espiou a agora alongada fila e suspirou. Retirou os óculos, umedeceu os lábios secos e perguntou a Adah: "Onde está seu aluguel?".

Adah também se tornou corajosa. Ah, não, ela não ia pagar o aluguel se nada fosse feito sobre aqueles cães irresponsáveis. "Na verdade, eu vim denunciar os cocôs. É muito desagradável". O problema de Adah era que ela nunca conseguia falar um bom inglês londrino, ou o *cockney* da zona leste. Seu sotaque entregava o fato de que ela tinha aprendido inglês no curso de inglês para estudantes estrangeiros.

"Bom, já sei sobre os cachorros, mas vamos pagar o aluguel pra começar", disse o atendente com uma voz baixa e aveludada.

Adah se abalou. Ela esticou a mão para entregar o dinheiro, mas a inquilina do residencial que tinha antes acendido o cigarro de Whoopey correu do fim da fila e segurou a mão de Adah.

"Ah, não, ela não vai pagar a droga do aluguel", disse a nova voz. "Faça alguma coisa sobre as malditas cadelas, antes. Você me disse no outro dia que nosso Billy não podia ficar com seu pobre cachorro que era todo limpinho. Por que não diz nada sobre esses vira-latas imundos? Diga alguma coisa!".

Ah, Deus, vingança, solidariedade, o que era isso?

"Sim, eu sei, mas por que não deixa a senhora... é... falar por si mesma?". As pessoas no fim da fila estavam ficando inquietas. O homem atrás de Adah estava ocupado lendo um cartaz sobre os doadores de sangue que salvaram a vida de uma mãe. A mãe estava sorrindo de orelha a orelha, cercada de crianças que estavam tão bem-vestidas que era a imagem perfeita de uma família feliz. O interessante era que o marido estava feliz também. Talvez tivesse acabado de perceber o valor de sua esposa.

"Tenho que voltar para o trabalho, vocês sabem", o homem anunciou.

Ele foi completamente ignorado, principalmente porque seus olhos nem se afastaram da foto dos doadores de sangue.

O zunido de vozes irritadas baixou um pouco e Adah encontrou sua língua. Ela sempre se sentia insegura, indecisa e com medo. É uma sina ser órfã, uma sina dupla ser uma órfã negra em um país branco, uma calamidade indesculpável ser uma mulher com cinco filhos, mas sem marido. Toda sua vida tinha sido como a de um apostador eternamente sem sorte. Toda mulher, por mais tola, consegue manter um marido. Ela não conseguiu nem isso. Ela carregava tantos rancores nas costas, e a questão era que ela não tinha costas largas o bastante para carregar todos eles. Por sorte, no residencial Pussy Cat sempre havia uma conversa reconfortante, uma boa xícara de chá e solidariedade para lidar com desavenças. Ela se sentia forte e chegou a abrir os braços com as mãos nos quadris e jogou para trás a cabeça coberta por lenços bem amarrados. *É um país livre*, sua atitude parecia dizer. Mas bastou uma careta lancinante do atendente para colocá-la no seu lugar. Whoopey e a mãe de Billy não viram a careta e, mesmo que tivessem visto, só iam dizer "por que está me olhando assim? Você parece um bode morto". Mas com Adah era diferente. Ela interpretava cada olhar de modo diferente, mesmo quando a expressão era inocente. Ela tinha sido habilmente condicionada pela rejeição. Baixou os olhos rápido e tentou se explicar em tom de desculpas.

"Entende, esses cachorros sempre transformam em banheiro a minha porta. É tão vergonhoso... e fede. Pior ainda quando chove".

"Vergo-quê?", gritou a mãe de Billy. "Não faça essas gentilezas. Façam alguma coisa, é o que digo. Não entendo nada de ser gentil. Mas, se vocês não fizerem nada, não peçam o aluguel. Vamos, Adah, vamos até o bar gastar tudo, não é?", a mãe de Billy estava realmente a protegendo.

Os outros funcionários agora tinham parado de trabalhar e só observavam as duas mulheres brancas com uma negra ensanduichada entre elas como um bolo recheado. Diferenças de cultura, cor, passado e sabe Deus o que mais tinham todas submergido em face de inimigos maiores: pobreza e desamparo.

As atendentes mulheres olhavam para elas, mas sabiam que era melhor não dizer nada. Uma delas trouxe "o livro". "O livro" era uma espécie de arquivo vermelho esfarrapado de registros onde se anotava tudo sobre as habitações do Conselho naquela parte de Camden. Se a janela de alguém era quebrada por jovens bandidos, era rabiscado no "livro". Se você mandava o cobrador de aluguel embora — ou escada abaixo — isso era escrito no "livro". "O livro" tinha a cara do livro de registros da morte, o fim de tudo.

O atendente rabiscou no "livro", mas um pouco rápido demais e de muito bom grado para o gosto de Whoopey. "Já anotei. O prefeito vai visitar você hoje para discutir o cachorro".

"Ah, seu maldito mentiroso, ela não quer a porra do prefeito, e ela não tem nenhuma droga de cachorro e não minta pra mim, você não escreveu nada sobre isso. Não vamos sair daqui enquanto você não escrever", Whoopey disse triunfante.

"Ah, pelo amor de deus", disse uma das atendentes com sotaque de classe média.

"Cala a boca, sua vaca malcomida", alguém disse do nada.

"Qual o número da Adah? Me diga qual o número dela", Whoopey voltou a falar.

"Ah, eu esqueci *dessa* parte", respondeu o atendente.

"Viu, você não escreveu nada", afirmou Whoopey. "Agora seja um bom garoto e anote tudo", ela continuou com gentileza debochada.

O atendente pacientemente voltou ao começo, e todos os detalhes foram registrados, e ele até agradeceu às "senhoras" por sua cooperação.

Todos riram. Adah gostava de como a maioria das brigas tinha final feliz.

Semanas mais tarde, ela se perguntou se tinha valido a pena toda a confusão. Ela não viu prefeito algum, e os cachorros continuavam fazendo cocô do lado de fora da sua porta, às vezes trazendo seus amigos da rua Prince of Wales. O residencial Pussy Cat era assim mesmo. Muito difícil mudar qualquer coisa.

O NATAL ESTÁ
CHEGANDO

O Natal estava no ar. As crianças no residencial iam a várias festas natalinas de caridade. Da maioria delas, os filhos de Adah voltavam para casa carregados de brinquedos baratos de plástico que ninguém queria. Alguém no Departamento Infantil tivera uma ideia nobre. Mães do poço iam se reunir com suas crianças e ganhar uma provinha da vida real. Um salão espaçoso foi escolhido, limpo, aquecido e brilhantemente decorado. As festividades iam durar toda a semana, a semana antes do Natal. Refeições gratuitas seriam servidas às mães e suas crianças. Brinquedos grátis também foram providenciados, e as crianças seriam incentivadas a pegar tantos quanto fosse possível.

A ideia era formidável. Carol usou seu carro como táxi. Ela levou as crianças do residencial Pussy Cat até o salão e as trouxe de volta. Havia música, as crianças comeram, dançaram e brincaram. As mães conversaram e todos se divertiram. A parte mais feliz foi que as mães não foram chamadas para ajudar na limpeza. Elas só precisavam sentar, descansar e, naquela semana, afogar as mágoas ao serem tratadas como damas.

"Isso é bom", a Princesa declarou. "Minhas paredes estão insuportáveis nesse tempo. Escorre água como, como choro de viúva... Meu armário podre da cozinha está todo verde". Ela não seria a Princesa do Pussy se deixasse de lado suas mágoas. Reclamar e choramingar eram parte tão importante da sua vida que ela não era capaz de outro tipo de conversa. Dessa vez, entretanto, ela foi ignorada por algum tempo porque a maioria das mulheres estava decidida a ser feliz: ninguém queria lembrar das paredes úmidas quando estavam confortavelmente sentadas em um salão seco e aquecido.

A Princesa falou e falou sobre como seus dois filhos tinham que dividir a cama com ela, porque a dela estava molhada de tanta umidade. Adah sentia pena, mas tinha endurecido com a impaciência, e sentia muito por si mesma também.

"Ah, bom, todas vamos nos mudar em breve", ela disse. Secretamente, a possibilidade de mudança estava coberta de receios. Havia uma mistura de ceticismo e uma determinação a não contar com falsas esperanças, mas no fundo disso havia, ela tinha que admitir, medo. Ela não tinha nenhuma certeza sobre se *queria* ser realocada, nenhuma certeza sobre se estava pronta para encarar o mundo sem o caloroso apoio humano do pessoal do Pussy. Seriam as paredes úmidas do residencial piores do que as finas paredes de dry wall de um apartamento novo do Conselho em Sabe-Deus-Onde se ela ficaria enclausurada sem amigos para ajudar e para se divertir? Vizinhos de classe trabalhadora melhor de vida tentariam humilhá-la por ela ser negra? Ela poderia ser negra e orgulhosa quando tinha tão pouco de que se orgulhar *exceto* sua raça e seus filhos? Então, ela tinha dito o que disse mais para medir a opinião pública do que para afirmar suas expectativas ou crenças. Ela logo descobriu que não estava sozinha nas suas impressões.

"Eu não gostaria de me mudar para longe da minha mãe", disse Whoopey, que estava de pé atrás de Adah. Adah se perguntou por que ela estava de pé, quando todas as mães receberam cadeiras para se sentar, mas Whoopey nunca conseguia relaxar. Ela estava, como de costume, segurando um cigarro na mão direita. Um avental desbotado apertava a sua cintura. Ninguém sabia por que ela tinha feito isso, afinal, as mães não iam limpar nada. Mas Whoopey nunca estaria completa sem um avental e um cigarro, que parecia estar sempre apagado. Segurar o cigarro no ar daquele jeito dava a Whoopey confiança. "Porque, vocês sabem, minha garotinha ficaria logo doente sem a minha mãe", ela enfim concluiu.

"Não se preocupe com isso... Vou ficar de olho nela, mesmo que eu vá morar na droga da lua", a senhora Cox gritou do outro lado do salão. Esse anúncio foi seguido por uma de suas risadas altas e explosivas. Seu riso era sempre tão espontâneo, às vezes inesperado, que era invariavelmente efetivo. As outras mães se uniram com risadinhas.

Jovens homens e mulheres da Força-Tarefa estavam ocupados arrumando as mesas e organizando os lugares para o jantar. De repente houve uma briga na qual uma das cinco crianças de Adah estava envolvida. Bubu era o terceiro filho de Adah. Sempre fora um pouco difícil. Ele tinha talento para se meter em confusão e um jeito de explicar seu comportamento depois de modo tão plausível que só era possível sentir-se estupefato que todas as pequenas coisas que tinham acontecido nunca eram, sob circunstância alguma, culpa dele. Antes de sair de casa naquela manhã, Adah tinha pedido a todos eles que se comportassem bem: que lembrassem de dizer *por favor* e *obrigado*. Bubu, aparentemente, tinha se deixado levar pela emoção, mas Adah estava assustada, pois a cabeça do outro menino parecia estar sangrando muito — Bubu tinha jogado um brinquedo nele. Ela costumava ser uma mãe rígida, mas não confiante em si mesma. Para demonstrar confiança e controle sobre os meninos, ela agarrou o filhinho pela gola da roupa, sacudiu-o e deu tapas nas suas orelhas. Então olhou ao redor em busca de aprovação. Queria ansiosamente tomar a atitude certa nessa situação, seguir seus próprios instintos como mãe, mas também se encaixar em ideias aceitas para que as pessoas não comentassem.

Um jovem da Força-Tarefa se aproximou e disse "não foi culpa dele. Robert jogou o tratorzinho no seu Bubu. Ele desviou, e Robert caiu. Eu vi como aconteceu". Adah sentiu vergonha mas ficou imensamente aliviada. Pessoalmente, ela não acreditava em demonstrar um temperamento tão explosivo em público, mas tinha que fazer algo para amenizar a impressão de que seus filhos tinham permissão para fazer as coisas do jeito deles. Ela largou Bubu e caminhou de volta até as mães. Ninguém disse nada e ela se sentiu como uma criança flagrada ao tentar se exibir. Esse era um de seus problemas, nunca podia ser ela mesma. Estava sempre com medo de seu verdadeiro eu não ser bom o bastante para a audiência. Ela sempre estava disposta a desempenhar qualquer papel, exceto o de ela mesma, pelo bem da paz.

A conversa sobre mudança era predominante porque no inverno o residencial ficava no seu pior estado; o custo de manter os apartamentos do Pussy aquecidos era alto, e muitos inquilinos tinham que reduzir a comida para pagar pelo calor.

Como a maioria dos imigrantes em Londres, Adah aquecia o apartamento com parafina. Ela tinha tentado coalite, mas acabou sendo muito caro, muito difícil de acender e, além do mais, apenas dois dos cinco cômodos tinham lareira. Ela podia mover o aquecedor aceso para o banheiro quando fosse dar o banho semanal nas crianças. Muitas pessoas pobres, imigrantes ou não, aqueciam seus apartamentos assim, mesmo que estivessem conscientes do perigo. O perigo batera à porta de Adah numa noite em que ela estava sentada assistindo às damas sonhadoras do filme *A caldeira do diabo* na sua televisão bruxuleante de segunda mão bem tarde da noite.

"Mamãe, ai, mamãe", veio o choro de Dada.

Adah decidiu ignorar. Depois de um dia corrido com eles, ela sempre ansiava por uma noite tranquila com programas de televisão reconfortantes e pouco complexos. *Ela deve estar sonhando*, pensou consigo mesma, relaxando na poltrona. Mas o choro se repetiu; era um choro engasgado, de alguém em verdadeira agonia.

Ela se levantou correndo e ficou petrificada com o que encontrou. Mal conseguiu entrar no quarto dos bebês. Estava repleto de uma fumaça densa. O cobertor que os tapava estava mesmo pegando fogo, e os outros cobertores estavam bastante queimados. Bubu tinha sido esperto o bastante para gritar, mas não o suficiente para se levantar ou para acordar sua irmãzinha que, incrivelmente, seguia dormindo em meio ao barulho. Provavelmente estava gostando do calor. Adah agarrou as crianças, levou-os à segurança e cobriu o incêndio de parafina no aquecedor com o que restava do cobertor. A fumaça a sufocava e ela tossia, com muita dor, porque a fumaça já estava chegando aos pulmões. Ela tinha medo demais para pedir ajuda. As pessoas só diriam "nós avisamos", e ela preferia viver sem essa reprimenda. Por sorte o fogo se apagou. Bubu gritara bem a tempo. Milhares de pensamentos aterrorizantes passaram pela sua cabeça. *Imagina se eu estivesse dormindo. Ou se eu não estivesse em casa, e se Dada tivesse o sono profundo! Ah, pobres crianças, minhas pobres, pobres crianças.* Ela abraçou-os contra o coração, quase esmagando-os. O bebê, agora assustado, chorou de medo, talvez sem compreender o comportamento da mãe.

O aquecedor era novo, mas as crianças tinham quebrado a frágil proteção de vidro que impedia o ar de entrar no equipamento. Adah não podia pagar a substituição do vidro, então ela tinha que correr o risco de acender sem proteção. A janela ficara com uma fresta, e o vento entrou e alimentou o fogo. Ela tinha sorte de seus filhos terem sobrevivido, ela sabia, e sentia-se profundamente grata. Ela levou as crianças assustadas para o seu quarto e as enrolou com os cobertores dela. Três delas dividiram sua cama de solteiro por meses. Não havia dinheiro para novos cobertores (evidentemente, ninguém no residencial podia pagar por um seguro) e ela não queria passar de novo pelo suplício de responder às desagradáveis perguntas íntimas do sujeito do Seguro Social. Contar a Carol estava fora de cogitação. Ela sabia a resposta: "Eu disse para não aquecer o apartamento com aquelas coisas, elas são perigosas". *Mas como ela quer que eu aqueça meu apartamento? Não posso bancar nenhum outro tipo de aquecimento.*

O problema de viver com o seguro-desemprego é que as provisões raramente antecipam essas reviravoltas. Mesmo quando as pessoas têm direito a mais, raramente sabem disso. Adah, como muitos outros no fundo do poço, tinha apenas que ir em frente "dando um jeito".

Ela precisava de um novo aquecedor, novos cobertores. Presentes de Natal para as crianças. Como qualquer outra mãe, ela queria dar presentes aos próprios filhos. Ela gostaria que eles ganhassem presentes escolhidos por ela mesma, comprados com seu dinheiro, em vez dos brinquedos usados dos homens ricos, ou aqueles com defeito de fabricação que as grandes lojas sabiam que não iam vender e davam para a caridade. Isso não era ingratidão, mas o bom senso comum. Era pedir demais?, ela se perguntava. Ela não tinha vontade de solicitar auxílio para os presentes de Natal das crianças. *Quero dar aos meus filhos meus próprios presentes, em troca do meu trabalho. Não quero que me neguem minha dignidade como pessoa, preciso fazer alguma coisa.* Ideias começaram a surgir. Ainda era jovem e com um tipo de beleza estilo Cleópatra. Rosto quadrado, queixo determinado, não o tipo clássico europeu, nem a típica beleza africana. Olhos profundos, iluminados e bastante grandes davam a seu rosto um ar de donzela em perigo. Sua longa estadia no fundo do poço a ensinara a tirar o melhor desses olhos. Era uma bênção, porque sua boca grande de lábios carnudos sempre dizia a coisa errada. Usar os olhos era uma opção mais segura.

O problema, ela pensava, era que não era mais magra; cinco filhos cobravam seu preço na silhueta de qualquer garota. Seu rosto estava aos poucos tornando-se inchado, os traços quadrados eram gradualmente cobertos por gordura na pele. Então, qualquer emprego glamoroso estava fora de cogitação.

FAXINAS
PARA O NATAL

"Preciso de um emprego de meio período. Afinal, tenho direito a ganhar mais umas duas libras por semana sem perder o seguro-desemprego. As leis dos benefícios complementares me autorizam".

A agência de empregos na rua Kentish Town só queria digitadores e trabalhadores em turno integral, nada de estudantes, como Adah se apresentara. Descendo a rua Holmes, ela viu um anúncio do lado de fora de uma fábrica. Queriam uma faxineira. Ela se perguntou uma e outra vez se deveria tentar. Deu duas voltas na fábrica e, na terceira, entrou.

A porta se abriu para uma sala limpa e de móveis simples. Havia duas secretárias batendo papo em um dos cantos. As duas garotas, surpreendentemente, não a deixaram esperando muito tempo. Uma delas, cheinha e de sorriso faceiro, se aproximou e perguntou o que ela queria. Emprego de limpeza, sim, claro, ela deveria esperar até o diretor ficar livre. Uma cadeira foi apontada para ela, com outro sorriso contente, e ela foi abandonada.

As duas garotas continuaram sua conversa. Mas elas não tinham muita sorte, pois eram constantemente interrompidas por infinitos telefonemas de algum ou outro lugar da fábrica. Mais ou menos a cada dois minutos, alguém tinha que ser encaminhado a outro setor ou outra pessoa. Adah ficou pensando nesses telefonemas, e considerou que esse tipo de emprego devia ser ótimo. A garota magra tinha uma máquina de escrever à sua frente, seus dedos de vez em quando encostavam nas teclas enquanto a cheinha atendia aos telefonemas. A magra provavelmente tinha algo para digitar, mas Adah percebeu que não digitou uma única letra durante os vinte minutos em que ela esteve sentada ali.

Mais uma ligação: essa parecia ser do diretor, porque a cheinha sorriu e conduziu-a por um corredor escuro. O contraste entre o interior da fábrica e a sala de espera era impressionante. Adah demorou um pouco para acostumar os olhos à escuridão. Não havia nenhuma janela na salinha estreita. No fim da sala, havia uma escada igualmente escura. Não havia revestimento nem carpete de nenhum tipo nos degraus.

"Suba, vire à esquerda no quarto andar e a porta onde está escrito Gerente é a do diretor". A garota cheinha não esperou que Adah agradecesse e apenas desapareceu rápido. Adah não tinha certeza se valia a pena ir em frente, mas já que tinha chegado até ali, não havia por que voltar atrás. Podia muito bem entrar e ver como seria trabalhar de mulher da limpeza em uma fábrica com cara de prisão.

Sua batida na porta do gerente foi fraca e gentil. Ela tinha alguma esperança de que o gerente não a escutaria. Ao menos assim teria mais tempo para se preparar. Não teve sorte. O gerente tinha ouvido e a convidou a entrar.

Sim, ela poderia começar a trabalhar no dia seguinte... Etecétera, etecétera, etecétera... Ela estava muito nervosa para ouvir direito.

"Agora o seu pagamento", disse o diretor. Ele parecia ter um rosto quase triangular, em que a parte mais alta era larga, com bochechas enviesando-se gradualmente até terminarem em um queixo fino e pontudo. O queixo saltava para fora no que pareciam noventa graus de inclinação. A boca dele era pequena com lábios surpreendentemente carnudos. Ele tinha pouco cabelo, mas o que restava era preto com muitos fios brancos. Ele piscava com frequência, como se tivesse areia nos olhos.

Adah colocou seus grandes olhos para trabalhar, o homem relaxou e sorriu, mas o sorriso era genuíno demais, respeitável demais para uma faxineira. Ela estava vestida como uma hippie. Usava uma calça de algodão azul e um par de grandes botas que tinha pego no brechó. Ao redor do pescoço levava dois colares de contas azuis que tinha comprado num balaio na Crescent na semana anterior. Ela sabia que tinha que aparentar e se comportar de modo casual. Não que fosse ter dificuldade em ser aceita para a limpeza porque a cor da sua pele era sempre uma vantagem nesses casos — quase um requisito. Nunca se pensava que uma garota negra acharia pouco ser uma faxineira. Esse tinha sido o papel dela até as coisas começarem a mudar. Mas o homem de rosto triangular logo viu quem Adah era.

"O que você está estudando?", ele perguntou, esquecendo-se de que ia dizer a Adah algo sobre o pagamento dela.

"Bem, não sou propriamente uma estudante", ela balbuciou, odiando a curiosidade do homem. Por que ele não podia apenas lhe dar um emprego e pronto? Por que ela tinha que explicar a esse homem que ela era uma estudante, mãe de cinco, sonhando com um dia se tornar uma escritora, mas que, por enquanto, vivia do seguro-desemprego no famoso residencial Pussy Cat.

O homem tinha paciência e esperava. Adah explicou, mas fez questão de, convenientemente, deixar de fora certos fatos. Ela não disse que tinha cinco filhos; ela não sabia por que, mas sentiu que seu papel de mãe não seria bem aceito. Ela não contou ao homem sobre o sonho de se tornar escritora, mas ela contou que estava estudando Ciências Sociais, em meio período. Ela lhe deu a impressão de que com certeza fracassaria porque pensou que isso o deixaria feliz. Não são muitos os veteranos que conseguem suportar pessoas jovens e presunçosas, mesmo que brancas.

O olhar dele sobre Adah era penetrante, interrogativo. Ela torceu as mãos e umedeceu os lábios secos. Por que as pessoas querem saber tanto só para empregar uma faxineira?

O homem decidiu que ela servia. Ele continuou avaliando-a conforme falava e Adah teve a sensação incômoda de que o homem pensava que ela estava mentindo. Ele falou.

"A mulher que fazia esse trabalho tinha uns cinquenta anos. Ela teve que sair porque os pés da pobrezinha começaram a doer".

Adah não se surpreendeu. Com aquelas escadas abandonadas, qualquer coisa podia acontecer a uma mulher de meia-idade. Sentiu-se mal pela senhora.

"Nós pagávamos seis libras por semana para ela; que tal?".
Isso teria sido mais que bom para ela, mas ela sabia que A Lei não deixaria que ela ganhasse tanto. O gerente olhou para ela como alguém prestes a pedir que ela fizesse um plano de saúde. Ele com certeza não era o dono da fábrica. O Seguro Social cortaria seu auxílio se ela ganhasse mais de duas libras e ela ficaria em piores condições depois do que seria, obviamente, um trabalho duríssimo. O gerente não perguntou como ela se sustentava, caso contrário teria se recusado a empregá-la. Mas Adah queria presentes de Natal para as crianças. Então ela contou uma mentira.

"Tenho uma bolsa para meus estudos, e não posso ganhar mais que duas libras".

O lábio inferior do gerente despencou. "Não podemos dividir o trabalho entre duas pessoas. Você deveria ter me dito isso antes. Não vejo como pode funcionar".

"Ah, não!", exclamou Adah saltando da cadeira. "Vai funcionar. Vou fazer funcionar. Eu faço o trabalho, você me paga apenas duas libras. De verdade, eu *preciso* dessas duas libras a mais".

Os olhos do gerente se abriram como estrelas brilhantes. "Quer dizer que você vai aceitar duas libras por um trabalho de seis? Você deve estar louca!".

"Não, por favor, senhor, não estou louca. É só que preciso muito do dinheiro". Ela esperou para ver o efeito de seus apelos sobre ele. Mais uma vez colocou os olhos em ação. Mas ela teve que se esforçar mais para convencer esse homem horrendo a fazer o que ela queria. Ele ainda estava em dúvida.

"Eu nunca conheci ou ouvi falar de uma faxineira como você antes. Você já teve algum emprego de limpeza? Não? Então, veja, você não sabe no que está se metendo. É uma pesquisa, então? Você quer fazer algum tipo de pesquisa aqui na nossa fábrica?".

Adah ficou zangada. Toda essa balbúrdia só por uma vaga de faxineira. Ela já não se importava mais. O homem tinha o cérebro tão pequeno quanto seu rosto pequeno. *Ele é um judeu, provavelmente*, ela pensou, apesar de não conhecer nenhum judeu nem saber nada sobre eles.

"Não estou fazendo pesquisa. Só preciso desse dinheiro para comprar presentes de Natal para pessoas que eu amo. Claro que depois do Natal, se o clima aqui for bom para mim, vou continuar trabalhando. Afinal, estou lhe fazendo um favor, vou economizar quatro libras por semana para a sua empresa. Você deveria implorar que eu ficasse".

Mesmo que o homem não fosse judeu, se comportava como um. Ele se acalmou. Acreditou que Adah estava dizendo a verdade. "Bom, se quiser, é seu, mas para mim parece exploração. Mas vamos lhe compensar. Você vai receber vale-alimentação para almoço e, em vez de trabalhar das oito à uma, pode ir embora ao meio-dia. Você vai se organizar sozinha e ver que lugares precisam ser limpos a cada dia. E toda sexta-feira, se você quiser, eu a levo para almoçar".

Ele deu uma piscadinha com seus olhos brilhantes na última frase. Pobre velho judeu; ele achou que Adah era a típica conquista fácil. "Você sabe qual o seu problema, você deveria se casar com um homem rico". O gerente tinha um senso de humor, sem dúvida.

Adah se animou e agradeceu. Ela começou a trabalhar já no dia seguinte. Em menos de um mês, pôde comprar uma máquina de costura de brinquedo para a menina mais velha, uns ótimos livros de colorir para os mais novos e um par de luvas de borracha para ela.

Os homens da fábrica não eram maus. O que a divertia eram as moças que trabalhavam no chão de fábrica, que a tratavam mal só porque ela era apenas uma faxineira. Ela estava começando a se ver como uma Monica Dickens ou aquela alegre Margaret Powell que escreveu *Below stairs*. O gerente não era mais um "judeu" para ela — ou, caso ele *fosse* judeu, que bom para os judeus. Ele lhe dava vales para alimentação, cupons para presentes, infinitas gorjetas por nada, mas Adah sabia que ele estava tentando compensar a diferença do pagamento. Invariavelmente ele lhe dizia pra não se preocupar com o escritório dele, porque estava limpo demais. Adah sentia-se grata.

Mas o trabalho começou a pesar sobre ela de outras formas. Mesmo antes do Natal, ela estava com trabalhos atrasados na faculdade; não conseguiu entregar nenhum artigo no fim do semestre. Quando chegava do trabalho ao meio-dia e meia, ela sempre pegava no sono durante a tarde. Muitas vezes foi acordada pelos filhos. Ela ficava cansada demais até para recebê-los bem em casa. O gerente tinha razão: limpar era um trabalho exaustivo. Ela mal conseguia se arrastar às aulas de noite, frequentemente pensando na velha senhora com as pernas ruins que, ao contrário dela, provavelmente nem era valorizada.

De súbito, ou assim pareceu, ela começou a tossir. Ela passou a ficar apreensiva de subir as escadas — a princípio tinha pensando que isso a deixaria em forma e não dava muita bola. De repente lembrou-se de Carol. Foi até ela e contou a história de seu emprego.

Carol não pôde acreditar no que ouviu. "Você vai trabalhar até morrer. Alguma coisa precisa ser feita".

Carol cumpriu a promessa. Ela puxou o saco de alguém e deu um jeito de conseguir para Adah uma bolsa de duas libras por semana, ao longo de dez semanas. Ela usou o dinheiro para cobrir as despesas do ápice do inverno. Enquanto isso, sua gripe só piorava.

Tinha medo de ir à sua médica. Ela era uma mulher "científica" tão grande e impessoal que tinha um jeito de fazer todo mundo sentir que ela era sua médica, sua Médica Divina. Com uma olhadela de seus olhos frios ela podia reduzir qualquer interlocutor, por mais confiante que fosse, a um tolo incompreensível. Adah tossiu a noite toda, sua temperatura subiu. Tudo o que ela queria era dormir, e aquele sono era um sono de quase morte. A comida tinha um gosto esquisito e ela não conseguia comer.

Então ela foi tomada pelo medo. *Imagina se eu morro, o que será dos meus filhos? Eles seriam levados para um abrigo, talvez. E depois... e depois eles cresceriam para se tornar jovens delinquentes de cor que não saberiam amar, porque teriam crescido sem nenhum amor. Por favor, Deus, eu peço. Não pode me matar agora. Minha menininha quer ser pediatra, o menino um cientista espacial, minha outra filha só quer ser mãe, com montes e montes de crianças, enquanto o outro menino quer ser um policial, um apostador e um médico tudo ao mesmo tempo; o bebê é muito novo para querer ser qualquer coisa. Bom, tudo que eu queria é dar a eles um bom lar e boas memórias de afeto para confortá-los ao longo da vida.* Depois de um lar cálido com muito amor, toda criança certamente tem confiança o suficiente para ser qualquer coisa. Não apenas ser qualquer coisa, mas obter sucesso em seja lá o que for que decida fazer, até mesmo apostar. Afinal, a vida inteira não é um estranho tipo de aposta?

Ela se virou com o trabalho doméstico da manhã e mandou um bilhete com Titi para Carol. "Estou morrendo", ela disse na nota. "Por favor, venha, quero escrever meu testamento". Ela riu de seu péssimo senso de humor. Seu testamento! O que ela tinha para deixar a alguém? Um par de sapatos para cada uma das meninas quando elas chegassem aos vinte e um anos. Os meninos podiam vender a máquina de costura e dividir o dinheiro — mas ela não terminara de pagar por ela. Bom, ela não estava morrendo de verdade agora. O bom Deus não permitiria. Ele podia ficar sem ela por mais ou menos uns oitenta anos.

"Nossa, o que você tem?", gritou Carol, seu corpo à porta cobrindo a luz do corredor. "Seus olhos estão tão vermelhos".

"Bom, eu est...", a longa e dolorosa tosse interrompeu. Seu peito arquejou, lágrimas correram dos olhos, e ela tentou rir, para que Carol a julgasse corajosa.

Infelizmente Carol não achou engraçado. Aquela mulher não tinha senso de humor. Ela levava as coisas um tanto a sério.

"Vá para a cama e fique lá", ela ordenou com sua voz de sargento-mor. "Preciso conseguir uma ajuda domiciliar. Quem é sua médica? Ela precisa vir logo. Você deveria ter ligado para ela muito mais cedo. Só fique na cama e nada de bobagens".

Adah se enfiou na cama, não para descansar, mas para se preocupar. Chamar a médica para um apartamento naquelas condições! O chão não era varrido havia dois dias. A bagunça das crianças ocupava todos os cantos. Ela não sabia se as janelas estavam abertas. Então ela lembrou que ainda era inverno. Mas ela tinha certeza de que devia haver uma cama molhada no andar de cima. Desejou ser branca e de classe média, pois então não haveria motivo para se preocupar: a médica teria "compreendido perfeitamente".

Como sempre, era confiança que lhe faltava. Ela se perguntava onde as pessoas aprendiam confiança. Da infância, ela imaginava — mas bom, ela nunca tivera uma infância propriamente dita. Aquela médica ficaria brava de ser tirada do seu consultório com aquele tempo. Adah não sabia o que aconteceu depois disso. Ela caiu no sono. "Você precisa parar com esse maldito trabalho". Era a voz de Carol. Autoritária. Ela não sabia como tratar um doente. Ela tinha até adquirido alguns dos adjetivos do Pussy Cat. Uma longa comunhão faz de nós o que somos. Foi Byron quem disse isso? Carol saiu para buscar ajuda domiciliar. Whoopey era melhor que um milhão de ajudantes domiciliares. "Não te vi lá fora hoje, então vim perguntar qual era o problema. Está escondendo algum amigo colorido no seu maldito apartamento? Do que está se escondendo? Nossa! Adah, mas você parece muito doente. Sério, parece doente mesmo. Devia ter mandado sua garotinha avisar minha mãe e eu. Seus olhos estão pegando fogo". Whoopey seguiu matraqueando. Ela empurrou Adah de volta para a cama. Correu para o andar de cima até as camas das crianças, colocou os lençóis molhados na banheira, colocou discos para tocar, fumou infinitos cigarros e assistiu à televisão.

    Horas depois, duas senhoras desceram do Departamento Infantil. Ambas estavam bem embrulhadas em longos casacos de tweed com chapéus combinando. Suas vozes eram graves e cultas. Elas murmuraram e lamentaram e foram muito solidárias. Suas vozes chiavam como a de Whoopey, mas o chiado delas era de um tipo diferente. Grave, não agudo. Como uma galinha com pintinhos. Suas risadas eram mais rigidamente relevantes: até apropriadas. Elas pegaram o número do benefício complementar de Adah e a aconselharam a deixar as crianças fazerem mais tarefas domésticas. Elas obviamente não tinham escutado, ou pelo menos entendido, quando ela explicou as idades, e agora se sentia cansada demais para explicar de novo que os filhos eram pequenos demais para ajudar. Whoopey quase as esfaqueou pelas costas quando disseram isso. Elas prometeram conseguir uma mulher para ajeitar o apartamento, mas "você deve saber, querida", disse a mais sociável das duas, "essas coisas levam tempo. Temos que preencher diversos formulários e dar muitos telefonemas, mas vamos fazer nosso melhor. Cuide-se". Elas foram embora sentindo-se muito úteis e caridosas.

Enquanto isso, Adah mal conseguia controlar a dor. Whoopey se distraiu imitando as duas bondosas senhoras.

"Que porra de tarefa doméstica elas querem que crianças de cinco e seis anos façam? Caramba, essas mulheres, elas me deixam enjoada, Adah, sério. Não quero nenhuma delas por perto quando eu ficar doente. O que elas fazem enquanto isso, enquanto dão seus malditos telefonemas?".

A grande médica foi a próxima a ligar. Ela foi exata: "Leve isso ao farmacêutico por ela", ordenou a Whoopey.

Os comprimidos ajudaram muito. Na primeira noite, Adah estava delirando. Ela falou com sua mãe, que tinha morrido havia muito tempo. A mãe dela estava de pé conversando com ela na varanda ensolarada que tinham em Lagos. Ela brigou com seu namorado perto da torneira da rua, e depois eles se casaram. Ela se lembrou dos papéis de Shakespeare que ela interpretou na sociedade teatral da faculdade. Ela estava ao lado da diretora australiana de seu antigo colégio dizendo que ela estava destinada a grandes feitos.

"Acorde, você fala tanto dormindo que meu bebê não consegue dormir. Ah, porra, você fala aqueles idiomas engraçados de vocês o tempo todo. Aqui, tome mais disso, vai fazer bem". Claro, era Whoopey de novo, de coração tão grande, de modos tão humildes, agressiva apenas com aqueles que a tratavam quase como um animal.

Nenhum ajudante domiciliar veio: nenhum estava disponível por causa do tempo ruim, mas o escritório "estava fazendo todo o possível".

Adah melhorou, mas ficou fraca por vários dias depois da doença. Outro tipo de conversa estava circulando pelo residencial, o que assustou Adah mais que a recente gripe. O Conselho ia realocar todo mundo, saiu nas notícias. Ela deveria ter ficado feliz, já que eles se mudariam para um ambiente novo e mais limpo. Mas ela ainda estava insegura.

Era uma leitora habitual de New Society e outras revistas de ciências sociais. Ela não era ignorante quanto às teorias sociais. Mas a situação que estava se desenrolando no residencial Pussy Cat não se encaixava na teoria. Como uma espécie de comunidade havia se estabelecido, todo mundo sabia da vida de todos os outros. Esse tipo de vida servia para ela. Sempre havia um amigo a quem chamar em momentos difíceis. Era como viver na prisão. Prisioneiros, depois de uma longa estadia, costumam achar a vida fora mais exigente. Ela era conhecida na biblioteca local, olhava para a escola como uma extensão da sua família e o fato de que seus filhos dependiam de jantares gratuitos não a preocupava mais. A diretora havia dito para ela uma vez "eu perco a paciência quando seus filhos parecem entediados porque eu sei o tipo de padrão que você espera deles". Ela era uma dessas pessoas que passaram a considerá-la como um ser humano preso em circunstâncias desconfortáveis. Ir para uma nova área agora parecia tão formidável quanto ir para um novo país. A maioria dos inquilinos no Pussy pensava diferente; estavam ansiosos pela mudança. Eles tinham parentes morando por perto, então não precisavam depender da vida comunitária como Adah. As "boas" famílias não gostavam de ser chamadas de "famílias-problema", um termo que parecia se aderir a qualquer família morando no Pussy. Alguns dos filhos do Pussy já estavam sendo chamados de skinheads. Isso enfurecia muitas mães. Era mais fácil manter o cabelo limpo quando estava curto, elas não queriam jovens com cabelos de Jesus.

Houve uma festa de Natal na Carol. As crianças saíram carregadas de mais presentes e guloseimas. Adah não foi à festa, pois foi numa daquelas ocasiões em que estava de saco cheio de receber coisas. Ela sentia que sua dignidade como ser humano estava sendo gradualmente tirada dela. Afinal, eles se mudariam em algum momento do ano seguinte, então ela já devia começar a aprender a viver sozinha, a tomar suas próprias decisões.

No dia de Natal, ela e as crianças foram à igreja. Fazia um frio extremo, mas o pároco estava excepcionalmente inspirado. O sermão se arrastou sem parar. A versão de Bubu da cantiga natalina era uma alegria de se escutar.

"Late o sino pequenino, sino de Belém,
Já nasceu Deus menino, para o nosso trem"

As crianças maiores tremiam desconfortáveis nas roupas novas que Adah comprara por um catálogo do correio.

Depois da igreja, correram para casa. Havia um pequeno peru da Sainsbury's no forno. Ela tinha atrasado o aluguel por uma semana para comprá-lo, e ela também comprou um pequeno saco de coalite, só para dar à sala de estar um ar festivo. As crianças nunca tinham visto tanta comida. Todos comeram milho doce, salsichas, peru e o que Adah disse ser pudim de Natal. As crianças recusaram a sobremesa, entretanto. Preferiam as que tinham na escola. Adah não as culpou porque ela nunca vira uma comida tão feia.

Tiveram sorte naquele Natal. Muitos de seus antigos amigos africanos visitaram e, indiretamente, pagaram pela comida que Adah servira dando dinheiro. O dinheiro ela guardou para devolver o que tinha pego "emprestado" do aluguel. Ela teve peru por uma semana: seguiu fatiando e requentando até que não houvesse nada além dos ossos.

Ela deu de presente muitas das caixas de chocolate que ganhara. Deu uma caixa de gigantes chocolates com menta da marca After Eight para as cuidadoras na creche dos filhos menores. Ela deu uma caixa de biscoitos sortidos para as funcionárias da biblioteca local. Isso, ela tinha certeza, compensaria as multas por atrasos do ano por vir. Sempre conseguiria reservar a maioria dos livros didáticos do seu curso. Ela não estava feliz com a quantidade de multas por atraso que tivera que pagar durante o ano.

Aquele Natal foi coberto de branco. Depois do rebuliço da semana anterior, o grande dia foi bastante tranquilo. Deu a impressão de que o Natal só era celebrado em lojas. Havia tanta correria e pressa, tantos gastos e presentes, que, para Adah, o Natal terminava na véspera de Natal.

Como de costume, todas as coisas que as pessoas se apressaram para comprar na véspera se tornaram lixo indesejado no dia de Natal. Na volta da igreja, Adah e as crianças viram embrulhos e enfeites pontilhando com vividez a neve impecavelmente branca. Algumas poucas crianças foram empurradas para a neve por pais entusiasmados a fim de exibir seus carrinhos reluzentes, bicicletas e bonecas gigantes que faziam de tudo. Alguns dos pais ficavam na porta admirando seus filhos. Infelizmente, estava frio demais para conversar.

No fim do dia, caiu mais neve, apagando as pegadas deixadas pela manhã pelas raras pessoas que se aventuraram na rua. Dentro do apartamento de Adah, havia calor e riso. As crianças já estavam se entediando dos novos brinquedos. O berço de boneca, que era da bebê, tinha quebrado. Ela veio até Adah, lágrimas nos olhos, e mandou que a mãe "arrumasse". Adah estava tentando uma e outra vez, mas era difícil saber que parte encaixava onde, quando ouviu a senhora Cox, coaxando o que Adah depois descobriu ser uma cantiga natalina. A bebê esqueceu momentaneamente o berço da boneca e escutou, chupando os dedinhos pensativa.

Adah sabia que a senhora Cox estava tentando bater na sua porta. Ou ela estava bêbada demais para conseguir ou com muito frio e não sabia o que estava fazendo, pois, em vez da porta, estava batendo na janela do banheiro de Adah. Ela foi entrando quando a porta se abriu, com uma garrafa de vinho tinto vermelho debaixo do braço. Whoopey logo se juntou a elas e, assim, se formou uma festa de Natal a todo vapor. Mais doces e chocolates foram empurrados para as crianças. Infelizmente nem os alimentadores nem os alimentados sabiam a hora de parar.

Todos cantaram músicas natalinas até ficarem roucos. Cantaram muitas delas desafinados, mas, como a senhora Cox disse, Deus perdoaria suas miseráveis infrações. Ela garantiu a todos que ela ainda se lembrava como era nas igrejas. Ela sabia como Cristo tinha nascido. E ela sabia o que significava aquela coisa toda. Ela não diria na frente das crianças, entretanto, garantiu a Whoopey e Adah. Em pouco tempo, suas canções não estavam apenas desafinadas, mas quase inaudíveis e depois muito sonolentas. O Natal em si estava chegando ao fim.

A garrafa de vinho há muito terminara, assim como o licor Emva Cream de Adah. Ela também estava ficando com sono. Foram acordadas por um dos filhos de Whoopey. O pobrezinho estava dobrado de dor. "Ai, mamãe", ele gritava. "Minha barriga, está doendo. Mamãe, ai, mãe". As mães subitamente ficaram alertas. A senhora Cox culpou a filha por dar chocolate demais às crianças.

"Você que trouxe os doces, mãe, foi você", explodiu Whoopey enquanto se jogava na direção do menino e a senhora Cox permanecia sentada, bêbada demais para levantar.

"Nada mal para o último Natal neste lugar", comentou Adah. "A essa altura do ano que vem provavelmente vamos estar em outro lugar".

"Juro por Deus que não vou sentir saudade deste lugar", disse a senhora Cox, erguendo o corpo do sofá.

"Adah, venha aqui. Bubu vomitou o chão todo", chamou Whoopey.

Adah avançou pelo corredor e viu Bubu todo sujo. Whoopey tirou rápido seus dois filhos dali. O ar de fora estava machucando de tão frio. Todos tremeram involuntariamente quando Whoopey abriu a porta para sair.

A festa de Natal improvisada fora um sucesso. Adah limpou a sujeira. A vida no Pussy, como naquele Natal, era sempre espontânea. Nada era planejado, tudo acontecia conforme viesse, naturalmente. Adah não sabia mais se ainda conseguiria se sentir em casa em lugares como o Museu Britânico ou as grandes bibliotecas onde ela costumava trabalhar. Nesses lugares, a risada dela era controlada, intelectual, artificial. Nada de espontaneidade. Você esperava os outros terminarem o que estavam dizendo antes de dar sua própria contribuição. Você raramente ouvia o que os outros estavam dizendo e, quando chegava a sua vez de falar, seu argumento já nem seria mais relevante. Você já teria esquecido o que ia dizer, de qualquer forma.

Adah tremia enquanto esfregava e desinfetava o corredor. Lá fora, se aproximava uma nevasca. Caiu mais neve, e não havia vivalma na rua. O fim de mais um Natal.

A REVOLTA DOS
MORADORES DO POÇO

Natal se foi, mas o frio continuou. O estado de espírito de todos, depois da animação temporária do agito de Natal, desabou de volta para o normal com aquele tempo. A neve caía forte no condomínio, e a casinha do "homem do juju" no centro parecia a habitação de anjos, toda agasalhada por um branco prateado. O residencial Pussy Cat, quando coberto de neve, ficava bonito o bastante para um cartão natalino — o tipo de cartão que já não se via muito naquela época. Aqueles cartões tradicionais pareciam paradisíacos quando vistos na África; Adah lembrava-se de que eles lhe davam uma sensação de pureza. Os cartões modernos pareciam zombar de Jesus, salpicados de amarelo e vermelho como arte de crianças. É arte moderna, claro, mas pessoas como ela achavam difícil de interpretar. Ela sempre ficava mais feliz com o que já fora interpretado para as pessoas iletradas em arte como ela. O residencial Pussy Cat com uma cobertura branca alegraria o coração de qualquer artista, moderno ou tradicional. Dentro dos apartamentos era outra história. As pessoas se sentiam desatendidas, como, de fato, muitos idosos estavam. As crianças não podiam ir até a escola para ganhar o jantar gratuito. Elas escorregavam na neve, e a maioria dos professores estava doente em casa. Adah teria ficado na cama para ler, mas as crianças pareciam estar sempre com fome e exigindo alimentação constante. Elas queriam liberdade para correr pela casa, mesmo que houvesse queimadores de parafina por todo lado, e assim elas a mantinham de pé o dia inteiro, resgatando ou vigiando. A sala de estar estava quente, com camadas e camadas de fraldas úmidas penduradas e pingando em frente à grade de proteção do aquecedor. A assistente social trouxera a grade para ela poucos dias antes, depois de passar semanas puxando a orelha de Adah por ainda usar aquecedores de parafina.

Uma frustração combinada a desamparo e raiva tomou conta de Adah. Ela de repente se sentiu solitária. Não tinha vontade de reclamar ou se lamentar com ninguém. Em todo caso, ninguém no Pussy podia ter lhe dado o tipo de ajuda de que ela precisava. Seu estoque de comida estava sempre baixo e, com as crianças longe da escola, a comida diminuía ainda mais. Por causa do Natal, a maioria das mães no seguro-desemprego tinha recebido duas semanas adiantadas. Isso significava que elas podiam se virar sem o pagamento. Ela estava uma semana atrasada no aluguel. Cansada de ficar sozinha com as crianças, decidiu fazer uma visita às Cox.

"Aonde você vai, mãe?", perguntaram os filhos atentos. Eles viram a mãe pegar o lenço vermelho com bolinhas. Sempre que pegava esse lenço, ela ia sair. As crianças nunca deixavam nada passar batido.

"Só vou até a Whoopey aqui do lado", ela respondeu, com o lenço debaixo do queixo.

"Posso ir também?", Dada pediu.

"Ah, não, você vai molhar as calças lá, e isso pode deixar cheiro".

"Não, mãe, minhas calças estão secas", e ela levantou o vestido para a inspeção da mamãe, de pé com as pernas escancaradas para que ela olhasse mais de perto. Os olhos de Dada estavam eloquentes de esperança, a cabeça caída para o lado.

"Não, não vou demorar", Adah disse ao sair do apartamento. Os gritos de Dada eram ensurdecedores.

Na casa da senhora Cox, todos estavam tão para baixo quanto Adah, mas, ao contrário dela, eles tinham encontrado um bode expiatório. O fato de que tinham sofrido doses muito frequentes de desilusão, ao lado da humilhação de ver seu orgulho como ser humano constantemente questionado, resultava na sua raiva contra "eles", particularmente contra Carol.

"Maldita Carol", Whoopey rosnou. "Ela conta tudo sobre a gente na prefeitura. Aos diabos. Temos que nos mudar dessas merdas de apartamentos. Temos que deixar claro na reunião hoje de noite. Todos temos que ir, você também, Adah".

"Carol não está do nosso lado? Ela deveria ir conosco, não acha?", Adah perguntou, recusando-se a acreditar que Carol poderia estar contra as pessoas do Pussy.

"Vir com a gente? Que bobagem absurda você diz, Adah. Você não sabe que, se todos nós sairmos daqui, não seremos mais *problemas*? Isso quer dizer que ela não vai ter mais trabalho aqui. Talvez ela volte a ser só uma assistente social. Ela não quer que a gente se mude". A senhora Cox arfava enquanto cutucava as costelas de Adah, um pouco demais. "Se a gente for independente, *ela* fica sem emprego, entende?".

Adah franziu a testa. Ela odiava a ideia de ser usada. Carol *estava* usando-os? Será que a senhora Cox tinha razão? Mas com certeza Carol era bacana. Ela fazia de tudo, tudo, pelos pobres no Pussy. Estaria fazendo tanto só para se sentir necessária? Talvez ela estivesse solitária também. No residencial Pussy Cat, ela era o centro das coisas. Ver seu carro estacionado todos os dias no meio do pátio dava uma grande dose de tranquilidade a Adah e aos outros. Por melhor que fosse Carol, onde ela conseguiria exercer seu poder francamente benevolente se fosse privada do residencial? Talvez as Cox *tivessem* razão. Talvez Carol estivesse tentando demais paparicar adultos que podiam se virar sozinhos.

"Além do mais", disse Peggy, a irmã de Whoopey, "ela tem seus favoritos. Os O'Brien. Por que aquele maldito homem pode ficar em casa e não sair para trabalhar? Por que eles podem viver de seguro-desemprego, e com Carol conseguindo montanhas de benefícios no Departamento Infantil?".

Todos escutaram Peggy porque ela era uma garota extraordinariamente calada. Tinha em torno de vinte anos, era rechonchuda como a mãe, mas, ao contrário dela, raramente sorria. Seu rosto era redondo, gordo, sério, como um grande pão. Ela sempre parecia tão infeliz. Acabara de ter um bebê, um bebê de cor. Resultado de suas últimas férias de verão. Quando ela falava, sua voz soava desesperada, violenta e determinada. Uma coisa era óbvia, pensou Adah, essa jovem não gostava da situação em que estava.

Diferente de Whoopey, ela nunca aceitaria as circunstâncias da sociedade. Ela lutaria para se retirar do poço. Adah aprendeu uma lição com ela. Também gostaria de enfrentar seu próprio mundo. Mas gostaria de continuar em termos amigáveis com Carol. Ela tinha sido paparicada por tanto tempo que não podia cortar os laços com Carol e o Departamento Infantil sem mais nem menos. A posição em que ela estava a lembrava de jovens nações em busca da independência. Quando conquistavam a independência, descobriam que ela era um brinquedo perigoso. Ela pensaria em si mesma e pronto. Apoiaria o movimento, mas continuaria amigável com "eles".

"Vocês sabem o que são ciganos?", perguntou a senhora Cox, atravessando os pensamentos de Adah. Como ela não sabia, a senhora Cox explicou que a senhora O'Brien era uma cigana. Por isso ela não tinha vergonha na cara. "Ela seria capaz de chorar e contar todo tipo de história ridícula para conseguir umas libras com a Carol".

Obviamente, a senhora O'Brien era sincera demais para algumas de suas "amigas". Adah ficou assustada. Ela também recebera uma bolsa de Carol recentemente, para ajudá-la a atravessar o inverno. Ela se perguntou se as Cox sabiam. Teria sido ela também rotulada como uma das favoritas de Carol? Ela concordou em ir à reunião. Teria preferido não se envolver, mas sabia que a reação geral seria de "quem diabos ela pensa que é?". Isso podia tornar a vida difícil para ela e para as crianças. Não queria ficar falada.

A reunião aconteceu às sete, ironicamente, no escritório de Carol. A pequena mulher que era a secretária era muito articulada, vigorosamente dinâmica, com uma capacidade ilimitada de falar.

"Carol nos chama de famílias-problema", reclamou uma das moradoras das elites do residencial. "Eu nunca vou ao escritório dela. Ela fala abertamente sobre as pessoas, e os segredos se espalham para todo mundo".

"Se ela contar o que eu falei de mim para qualquer um, vou matar a Carol", trovejou a senhora Cox.

A intensidade da atmosfera assustou Adah. Todos pareciam ter sido desconsiderados de alguma forma. Pobre Carol: ela estava empregada para ajudar as pessoas no Pussy, e ela fazia bem o seu trabalho. Mas, em alguma curva do caminho, ela tinha traído a confiança das pessoas, ou assim as pessoas pensavam. A culpa era mesmo da Carol ou era da instituição burocrática que ela representava? Carol era uma boa mulher. Muitos gostavam dela como pessoa, mas poucos podiam calcular o quão verdadeira amiga ela era e o quanto ela representava "A Lei".

"Eu não vou lá nunca", disse a senhora Williams. "Eu realmente não gosto de todas aquelas assistentes sociais intrometidas. A maioria delas é de idiotas solteiras que não sabem nada de crianças. Assim que elas colocam seus casacos brancos encardidos, elas acham que podem dizer como os outros devem viver".

Todos os habituais do escritório de Carol estavam quietos; até a senhora Cox estava fumando em silêncio sem parar.

Adah fez um grande esforço para explicar. "Nem todos somos famílias-problema, entende".

"Sim", concordou a primeira mulher, de casaco verde, "mas por que sempre nos chamam assim? Quando você vai naquelas merdas de clínicas deles e diz seu endereço, eles dizem que você é um problema. Quero me mudar deste lugar desgraçado".

A senhora Williams, das Índias Ocidentais, se levantou, sacudiu sua grande mão marrom no ar, "eu sou uma pessoa trabalhadora e honesta como ninguém, não uma maldita família-problema. *Eles* nos deram problemas, gente que fica se metendo nos assuntos dos outros. Quando eles envelhecerem, quem vai cuidar deles se não têm filhos?" (*Uma ideia típica das Índias Ocidentais e da África*, pensou Adah, *você tem filhos que cuidam de você depois de envelhecer*).

"Quando eles envelhecem", ela continuou calmamente, "eles vão para aquelas desgraças de asilos. Eu não quero esse tipo de velhice para mim. Isso deveria ser problema deles. Elas são pessoas problema também, pois nenhuma mulher é feliz sem filhos. Elas deveriam resolver seus próprios problemas antes".

"Uma delas", a mulher de verde retomou, "uma delas veio falar comigo esses dias, quando eu estava com dois bebês no banho, as outras duas crianças só tinham vestido um colete e correram para abrir a porta. A mulher falou comigo por um tempo sobre isso e aquilo e depois foi embora. Depois, ela escreveu para a escola para dizer que eu precisava de ajuda porque as minhas crianças pareciam maltrapilhas quando ela veio. Eu podia ter matado a mulher. A escola nos deu algumas roupas que eu devolvi imediatamente para a professora".

Sim, pensou Adah, *essas coisas acontecem mesmo. Por que algumas pessoas acham certo colocar rótulos nos outros? Uma pessoa marrom é rotulada de "negra". Uma família pobre é rotulada de "problema". Um rapaz que decide usar seu cabelo longo é chamado de "vagabundo cabeludo". Outro garoto que decide usar seu cabelo curto é rotulado de "skinhead". Um tradicionalista é "quadrado" e um pensador moderno é "boêmio". O mundo é lindo, mas seus habitantes criam problemas uns para os outros.*

Quando Adah saíra do emprego meses antes, ela tinha implorado por uma creche para as crianças, para que ela tivesse o dia inteiro livre para os seus estudos na biblioteca da universidade. Seu pedido foi recusado pelo Dr. Alguém do Departamento Infantil sob a alegação de que ela não tinha um emprego rentável. Um problema desnecessário foi criado para ela por aquele médico. Por sorte, a diretora da creche era gentil e maternal e sabia por que Adah queria as crianças lá. Naquele dia mesmo, a assistente social da área tinha visitado a creche reclamando: "Parece que eu fiquei sem famílias-problema. A classe trabalhadora deste bairro parece não ter problemas".

"Ah, não", gritou a diretora. "Vá ao número X do Pussy, há muitos problemas lá". A assistente social veio e ouviu a história de Adah. Consequentemente, seus filhos foram mantidos na creche. Isso tomou três semanas de trabalho administrativo e diversas visitas a Adah de diferentes assistentes sociais. Então Adah sabia que às vezes eles podiam criar problemas. Ela notou que eles incentivavam as pessoas a reclamar e choramingar, ou nunca seriam notadas. No Pussy, os maiores chorões ganhavam a maior atenção. Muitas mulheres na posição dela não sabiam quais eram os seus direitos, então sentiam que precisavam implorar. Um atendente do ministério podia recomendar cinco libras para cortinas novas, outro dezenove. Mulheres do fundo do poço tinham que viver sob as decisões desses homens.

Um caso complicado ocorrera não muito tempo antes no número Y. A garota envolvida tinha dois filhos com seu marido, mas infelizmente ele foi preso. A garota era jovem e linda. Ela ficou grávida de novo. Os boatos diziam que ela nunca ia à clínica. Poucas pessoas lamentaram por ela, pois ela não socializava muito. O que preocupava as pessoas era como ela viveria depois do nascimento do bebê, porque era certo que seu auxílio seria cortado. A garota parecia assustada também. Felizmente, o bebê nasceu morto na sua sala de estar. Dava para sentir o alívio geral. O ministério não soube do nascimento do bebê, então nada aconteceu com ela.

Adah ficou muito surpresa quando conheceu uma jovem socióloga que estava esperando seu segundo filho. Cada bebê era de um pai diferente. O ministério a sustentou depois do parto até ela estar forte o bastante para voltar ao trabalho. A socióloga informou-se e buscou seus direitos. As mulheres no poço eram sempre ignorantes ou assustadas demais para pedir o que tinham direito a receber. Pessoas como Carol eram contratadas para ensinar os direitos delas, mas o problema era que Carol entregava os direitos como se estivesse fazendo caridade.

As brigas na reunião em torno dos conceitos continuaram por décadas. Adah fez mais uma tentativa de definir o que era uma família-problema.

"Não somos todos famílias-problema, sabem. Uma família é um problema se, primeiro, é uma família negra vivendo entre duas brancas; segundo, se tiver mais de quatro filhos, não importa a sua renda; terceiro, se for mãe solteira, separada, divorciada ou viúva, mesmo com um milhão de libras no banco, ainda será uma família-problema e, por fim, se você depende do ministério, você é um problema...".

"Bobagem!", gritou a senhora Williams, interrompendo Adah. "Eu moro entre dois vizinhos brancos e nós nos damos muito bem. Então por que eu seria um problema só por causa disso? Eu trabalho, meu marido trabalha, meus filhos vão para a escola, então qual é o problema?".

"Eu tenho seis filhos e, acredite, somos pessoas comuns da classe trabalhadora, e não sou problema para ninguém. Aos diabos com essas mulheres", gritou outra voz do canto. O clima ficou pesado, os argumentos eram expostos. Carol foi estraçalhada em pedacinhos, chamada de todo tipo de coisa, e Adah foi tratada com desconfiança. Um velho insistiu num ponto incômodo. "Sua amiga chama a sua família de problema por causa da sua... a sua, a sua pele". "Ela pediu", disse a senhora Williams, defendendo o velho. Havia uma indisposição aberta contra "eles". O incômodo era quase tangível. O tipo que levava os oprimidos a se revoltarem. O próximo tópico era como obrigar que "eles" fizessem "alguma coisa agora".

Todas as mães iam deixar seus filhos com "eles" e então "eles" cuidariam das crianças. Eles seriam forçados a "fazer alguma coisa". A sugestão veio da dinâmica senhora de verde.

Era uma boa ideia, e todos concordaram. Haveria um protesto em março, seguido de uma longa manifestação na frente da prefeitura, com muitos cartazes balançando, e com a maior gritaria possível. No fim do dia, as crianças seriam deixadas na porta, com uma carta e todos os cartazes usados.

A confiança de Adah vacilou diante da ideia de deixar as crianças na rua, no ar frio. Ela decidiu pagar um passeio de dia inteiro no zoológico com seus filhos naquele dia. Deixou de ir às reuniões. Enquanto isso, ainda era uma das inquilinas.

É engraçado como alguém pode ser influenciado por um grupo. Adah começou a remoer cada vez mais os pequenos erros que Carol e seu grupo de assistentes sociais burocráticos tinham cometido com ela. Alguns erros eram reais, mas a maior parte havia sido imaginada. Muitos dos erros genuínos foram ampliados de modo exagerado. Ela de repente se deu conta de que odiava as refeições grátis que tinham sido dadas para eles no Natal. Quanto mais pensava nisso, mais envergonhada ficava. Com as novas conversas acontecendo no Pussy, a vergonha crescia. Ficou surpresa com o próprio comportamento. Sentira-se grata na época, mas agora não gostava nada daquilo. Era terrível alimentar pessoas que não eram refugiadas, que podiam trabalhar e fazer algo por sua comida. Era terrível alimentá-las como se numa instituição de caridade. Ela concordou com os moradores do Pussy que Carol não era um deles. Apenas fingia ser. Eles estavam sendo usados para a satisfação dela.

O próximo evento importante seria um do tipo social. Haveria um baile no salão da igreja. A filha da senhora Ashley, que trabalhava num "escritório", ia trazer uma banda pop. Adah deveria trazer "homens de cor". Ninguém escutou quando ela disse repetida e sinceramente que não tinha ninguém para trazer.

"Não minta para mim", riu a senhora Cox. "Você tem muitos. Sim, com certeza. Traga uns altos e bonitos".

Adah sabia que não iria, não por ser esnobe, mas porque não tinha nenhum homem de cor alto e bonito que ela pudesse convencer a ir com ela. Não disse nada.

A animação com o evento próximo acabou com o grande incômodo contra "eles". Todo mundo voltou a ser suas antigas versões felizes e normais. A felicidade era intensificada pelo fato de que depois do baile se seguiria o protesto. Até Adah estava ficando empolgada com a ideia de se mudar. Ela começava a desejar um pouco de privacidade. A sensação de que a vida dependia de subsídios se tornou mais opressiva conforme o inverno deu lugar à primavera. Quando se mudasse para o novo lugar, ia ficar isolada.

Ninguém vai me conhecer, não vou precisar nem ir à igreja. Meus filhos não vão precisar se inscrever para jantares grátis.

Se ela permitisse que os filhos pedissem os jantares gratuitos, a assistente social da escola telefonaria, e haveria infinitos formulários para preencher e a história de como ela falhara em manter o marido seria desenterrada novamente. Não, na nova escola, seus filhos seriam apenas crianças comuns.

"Adah, você vai direto para o seu apartamento?".

"Sim, por que, senhora Ashley?".

"Bom", ela baixou a voz e os olhos, e cobriu um lado da boca com a mão. "Bom, sabe, a senhora Jaja aprontou de novo". A senhora Ashley parecia muito constrangida. Ela coçou os cabelos

encaracolados, puxou o gigante cachecol cinza mais para cima no pescoço.
Era uma noite fria. Todos tinham ido ao escritório de Carol discutir as últimas combinações para o baile. O escritório de Carol tinha grandes aquecedores elétricos. Eles, junto das sempre presentes discussões, aqueceram o ambiente. O vento frio lá fora as atingiu como demônios invisíveis quando elas saíram da reunião. A senhora Ashley se aproximou de Adah, com a respiração pesada e ofegante. "A senhora Jaja largou o velho de novo. Ela não levou nenhuma das crianças com ela, então vou lá ajudar a colocá-las para dormir. Quer vir junto? Ainda é muito cedo".
"Sim, é claro", respondeu Adah sem hesitar.
O senhor Jaja era um velho estudante nigeriano que tinha vindo à Inglaterra nos anos 40 para estudar mais. Era um funcionário público aposentado do governo nigeriano. Ele tinha duas esposas e uma grande família com muitos filhos na Nigéria. Depois de vir à Inglaterra, os diplomas e as graduações não aconteceram como o planejado. Ele se casou de novo, uma mulher branca e bêbada que já estivera presa, ou assim diziam os boatos. A mulher era jovem, em torno de trinta anos, enquanto Papa Jaja devia estar com uns setenta. Ele parecia ter setenta; aliás, setenta e muitos. Tinha dentes pretos quebrados, cabelo branco, pele seca enrugada e uma boca eternamente úmida babando. Toda vez que ficavam sem dinheiro, a mulher desaparecia, geralmente por semanas. Era uma reclamona nata e via falhas em tudo e em todos, até em Deus. Tinha abençoado Papa Jaja com seis crianças indomáveis.
A senhora Jaja tinha dito uma vez a Adah: "Eles chamam meus filhos de crianças de cor". Elas eram todas mestiças e muito bonitas, também.
"Bom, chame-os de rosinhas e seja amigável", Adah respondeu prontamente.
Ela lembrou que, semanas antes, seu filho Vicky dissera que um dos filhos de Jaja os chamou de negros. Ela sabia que a senhora Jaja não andava feliz, mas quem é que estava satisfeito com o que a vida tinha a oferecer no residencial Pussy?

Ela e a senhora Ashley foram à casa dos Jaja. A quantidade de sujeira e o mau estado do apartamento assustariam até os germes. Não havia linóleo nem qualquer tipo de revestimento nas escadas. A maior parte do chão estava exposta. As crianças se agarravam ao que pareciam ser cobertores e espiavam Adah e a senhora Ashley como os nativos africanos fazem em filmes do Tarzan. Elas riam e tremiam enquanto se agrupavam ao redor de um fogo baixo assistindo à onipresente televisão.

"Agora para a cama", mandou a senhora Ashley, jogando o cachecol sobre uma mesa que já estava apinhada de bonecas quebradas e outros brinquedos estragados. Papa Jaja saiu da cozinha. O cheiro forte de alguma coisa azeda tomou a sala. Ele entrou carregando uma grande cumbuca de batatas fatiadas.

"Você tem certeza de que essas batatas fritaram bem?", perguntou a senhora Ashley olhando para a cumbuca.

"Sim, foram cozidas, e não fritas", disse o cansado velho Papa.

"Bom, já passa das nove, vamos logo", seguiu a senhora Ashley.

"Não precisa de pressa, são apenas dez para as nove".

As crianças rodearam a cumbuca como um enxame e atacaram as batatas em velocidade impressionante.

"Esperem, preciso pegar sal. Esqueci de colocar quando cozinhei". Ele voltou rápido para a cozinha para pegar o saleiro, mas foi lento demais e as crianças muito velozes. As batatas tinham desaparecido antes de Papa chegar com o sal. Ele suspirou.

"Não sabia que dava para cozinhar batatas fatiadas", disse a senhora Ashley sem tato.

"Fica bom", gritou o menino maior. Ele olhou para a senhora Ashley e seus olhos eram desafiadores e cheios de ódio. A senhora Ashley se calou. Depois do jantar, as duas mulheres ajudaram a limpar as crianças e pentearam seus cabelos grossos com escovas, porque era impossível usar pente.

"Obrigado por virem", Papa disse. "Por que não esperam e tomam uma xícara de chá?". Ambas recusaram, mas a senhora Ashley aceitou um cigarro. Adah contribuiu muito pouco no bate-papo que se seguiu. Ela lamentava muito por aquelas crianças e não conseguia dizer nada. A senhora Ashley conhecia a família

há muito tempo, e ela e Papa Jaja consideravam a situação normal. A mulher Jaja sempre fora assim.
Parecia que ia nevar. Então se despediram, disseram "até amanhã", e as duas mulheres foram cada uma para sua casa. A senhora Ashley já tinha colocado suas meninas na cama, e a mais velha, a descolada que trabalhava num escritório, estava lendo uma revista.
Os pés de Adah estavam gelados. Seus filhos já estavam na cama. Elas os acordou e fez sentarem-se no penico. Ao devolvê--los à cama, pensou nos acontecimentos do dia, cada incidente em contraste com os outros.
Adah fez café, encheu uma garrafa com água quente para os pés, afastou a cama da parede úmida e dormiu profundamente até de manhã.

À DERIVA

O tempo ficou muito melhor. Os habitantes do residencial tinham sobrevivido a mais um inverno. Alguns dos sofisticados aristocratas do prédio tinham colocado seus vasos de plantas nas varandas. Estava constantemente úmido e levemente frio, mas o ar estava leve. A animação voltava a se espalhar pelo Pussy. Todo mundo estava determinado a não passar outro inverno ali.

O protesto planejado não aconteceu. Milagrosamente, Carol ficou sabendo tudo que tinha sido discutido na reunião dos moradores do poço. Ela veio falar com Adah certa manhã, aflita, e com cara de preocupada.

"Estou com um problemão", ela começou. "Eu deveria ter definido para vocês o que é uma família-problema. Vocês despejaram toda a definição para eles na reunião".

A boca de Adah ficou seca. Em primeiro lugar, as discussões que tiveram nas reuniões deveriam ser confidenciais. Em segundo lugar, ela não tinha dito nada contra Carol. Por que ela deveria ser o bode expiatório? Ela sabia que a cor da sua pele a tornava uma excelente candidata a bode expiatório, mas não aceitaria. Os mártires pertenciam à era das trevas e à História.

"Sim, muitas coisas foram discutidas na nossa reunião. Mas não eram da sua conta. Durante a discussão, eu tentei definir o significado clássico de *família-problema*. Tentei esclarecer alguns pontos, não menosprezar você. Por que eu faria isso?", sua voz começou a se elevar.

"Eu disse para eles que só tinha debatido com você academica-

mente, e eles responderam me chamando de amante de negros!".
Agora, por que Carol diria isso? Mesmo que a tivessem chamado assim, ela precisava contar a Adah daquele jeito? Adah se sentiu humilhada com esse comunicado, mas sabia que era bem possível alguém dizer algo assim. Afinal, aquele velho perverso dissera coisa parecida na reunião. As duas mulheres sabiam que não ganhariam nada prolongando o assunto.
O rosto de Adah deve ter demonstrando a decepção, pois Carol disse "não se preocupe, eu não deveria ter contado isso".
Para Adah, era como voltar à ralé. Então as pessoas estiveram rindo e debochando pelas suas costas — a Sra. Sabichona. O que uma pessoa como ela deveria fazer então? Evitar os outros, porque a chamavam de nomes feios, ou recorrer à violência? *Nunca ganho*, ela pensou, pois odiava violência. *Só preciso aprender a viver com isso e não fazer nada.*
Já que Carol sabia dos segredos deles, a prefeitura devia saber também.
Adah estava costurando quando ouviu o barulho da sua portinhola de correspondência enferrujada. Não estava esperando nada importante, então nem se preocupou com olhar o que era. Cansada de costurar, ela estava começando a guardar as coisas quando ouviu uma forte batida na porta. Não tinha como ignorar, fora uma batida alta demais, determinada demais. Ela olhou pela abertura do correio e viu a Princesa de pé do lado de fora.
"Você viu a maldita carta?", ela berrou quando a porta foi aberta. O dia estava tão excepcionalmente úmido que Adah tinha colocado um aquecedor a óleo cilíndrico no corredor para secar um pouco o ar antes do retorno das crianças. A parafina tinha um cheiro forte, mas ela estava acostumada. A Princesa era uma mulher delicada e tinha tosse seca. Ela cuspia as palavras para fora. Adah não podia convidá-la para dentro de casa por causa do cheiro. Achou que seria terrível sugerir que ela entrasse.
"Essa deve ser a carta", ela disse, pegando um papel branco dobrado do chão. "Sobre o que é?".
A Princesa segurou seus pequenos peitos molengas nas palmas das mãos e tossiu, uma tosse longa, dolorida e lamuriosa.

Ela estava impaciente também, o que piorava a tosse toda. Ela queria contar a Adah do que se tratava antes que ela conseguisse ler por ela mesma. Infelizmente, a tosse a impediu de fazer isso. Antes que conseguisse se recompor, Adah tinha lido a essência da carta. Haveria uma "conferência" de inquilinos e conselheiros na escola Haverstock.

"Isso é ótimo", Adah disse alegremente.

"Ótimo! Eles querem nos calar, isso sim. Os conservadores tomaram conta dessa área, então eles nunca vão nos ouvir. Precisamos fazer nosso protesto".

"Quem falou para eles sobre isso? É o que eu gostaria de saber".

"Não posso contar, mas você não sabe?", sussurrou a Princesa.

"Sei que foi aquela vaca gorda. Não poderia ser ninguém mais".

Todos se animaram com a conferência. Na lavanderia no fim da rua, a senhora Williams e a senhora King treinavam repetidas vezes como elas iam falar com os conselheiros.

"Meu banheiro está interditado há meses, sabe. Tenho que dizer isso", afirmou a senhora Williams.

"Não quero nenhum conserto. Escrevi para o Primeiro Ministro sobre minhas janelas quebradas um dia desses", comentou a senhora King.

"Ah, é mesmo? E o que ele disse?".

"Não acho que ele mesmo tenha respondido. Era datilografada. Uma letra bem grande. Ele disse que tinha indicado alguém da região para fazer o serviço. Disse que sentia muito pelas janelas quebradas".

"Isso deve ser muito emocionante", disse Adah.

"Não foi ele mesmo que escreveu a carta, eu... Charlie, Charlie, venha aqui, não tem bosta nenhuma de sabão nessa máquina desgraçada", gritou a senhora King.

Charlie era um homem lento, gordo, rabugento, mas descontraído. Charlie nunca se apressava. Ele trabalhava na lavanderia há anos. Conhecia essas mulheres, e elas o conheciam muito bem. O trabalho dele era cuidar das máquinas e ficar de olhos nas mulheres que trapaceavam ou naquelas que não sabiam compartilhar.

"Qual o problema com a máquina?", ele perguntou conforme abria caminho entre mães, crianças, mesas e sacolas de roupas.

"Sem sabão na número oito", declarou a senhora King.

"Bom, você sabe, não é, que colocou coisas demais aí".

"Não coloquei", gritou a senhora King, agressiva.

Charlie sabia bem. Ele se moveu lenta e pesadamente até a parte de trás da máquina gigante e apertou um botão. O sabão borbulhou para dentro da máquina e a senhora King ficou agradecida.

"Brigada, amor, toma um cigarro".

Charlie aceitou o cigarro aceso e se afastou majestosamente em direção à outra mulher aos gritos perto da máquina de passar. Sua melhor toalha de banho ficara presa. Ela estava berrando em desespero, mas Charlie não se apressou.

"Vou sentir falta deste lugar quando nos mudarmos", disse Adah, conforme o grito se acalmava, dando espaço para o zunido generalizado das máquinas de lavar e as ocasionais vozes histéricas de mulheres cansadas. "É tão barato", continuou Adah. "Doze quilos por apenas cinco xelins e sem precisar comprar sabão".

"Bom", disse a senhora Williams, "minha irmã se mudou para um dos lugares de alto nível, perto da Mornington Crescent. Ela ainda vem à lavanderia uma vez por semana".

"Que interessante, como ela faz?".

"Ela coloca as roupas em uma mala velha e vem de ônibus".

"Sai daqui e vai brincar na sala da frente, deixa meu avental em paz", mudou de assunto a senhora King quando seu menininho começou a mergulhar as mãos nos bolsos de seu avental, provavelmente atrás de algumas moedas. "Mas isso seria muito difícil", ela respondeu, depois de ter afastado com sucesso seu filhinho. "Não consigo me imaginar fazendo isso, daria muito trabalho. Enfim, não se pode ter tudo, não é?".

"Não, não se pode", concordou Adah, enquanto calculava mentalmente o custo de ir da Mornington Crescent até a Prince of Wales só para lavar roupas. Custaria pelo menos dois xelins a mais, sem falar no esforço de viajar com uma mala pesada.

"Charlie, essa lavagem não limpou", Adah disse, mostrando

um velho lençol cinza para as outras mulheres e para Charlie, que estava passando por ali. Ela sabia, entretanto, que nenhuma lavagem, fosse com sabão comum ou com o novo sabão biológico milagroso, poderia recuperar sua brancura. Mas como as vizinhas estavam olhando, ela queria colocar a culpa do acinzentado na máquina de lavar.

"Você deveria ter dito isso antes da máquina terminar", Charlie argumentou, enquanto se aproximava das roupas de Adah. Seu rosto pálido e inchado a acusava. O homem tinha longos cílios. Desperdiçados num homem que trabalhava numa lavanderia, ela pensou.

"Da próxima vez, me avise antes de acabar".

"Sim, Charlie", Adah concordou ligeiro. Ela jogou de volta as roupas molhadas para dentro da boca escancarada da máquina. Charlie religou a máquina e as outras mulheres que observavam, sabendo que Adah iria para casa com roupas muito limpas, murmuraram.

A senhora King não conseguiu guardar seus comentários para si. "Bom, que bom". A inveja na sua voz era eloquentemente nítida. A máquina entrou em ação e Charlie saiu.

"Ele é um homem tão gentil".

"Sim, é o que sempre digo para o meu marido. Sempre digo para ele *Charlie tem a paciência de um anjo*".

Mas a questão era: Charlie tinha escolha? Discutir com uma mãe sobrecarregada, apressada para buscar "Bob" na escola, era como reclamar com a lua. A lua até seria melhor, porque ela pelo menos brilha. Mas não essas mulheres. A longa experiência de Charlie o tinha transformado num "anjo".

Na máquina de passar, as outras duas mulheres, a senhora Williams e a senhora King, ficaram prontas antes de Adah, porque Charlie tinha lhe dado um segundo ciclo na lavagem. Ela guardou suas roupas secas em um antigo moisés e pediu licença para passar entre mulheres em diferentes níveis de relaxamento. Algumas estavam tomando chá, outras gordas estavam enfiando bolinhos nas suas bocas ávidas e se esforçando para falar ao mesmo tempo. Ela continuou gritando "com licença, por favor". Claro que muitas estavam ocupadas demais para escutar. Adah deu um leve empurrão em uma mulher razoavelmente grande que inclinava suas nádegas de maneira perturbadora. Ela se virou, rápido demais para seu corpanzil.

"Me desculpe por ter esbarrado na sua bunda", Adah logo se desculpou.

"Você fez o quê?", disse a mulher de nádegas ofensivas. "Ah, Deus, você ouviu isso dela? Você é uma canalha, não é? Ande", e ela deu um leve chute na bunda de Adah, quase perdendo o equilíbrio nessa tentativa.

"Bem feito", outra observadora comentou.

A velha senhora na máquina de passar fungou quando Adah se aproximou. Ela esparramou seu lençol ao máximo para que Adah não tivesse espaço para passar suas roupas.

"Você poderia ir para o lado, querida?", Adah pediu, insegura.

"Você pode me dar lugar se dobrar seu lençol. Os lençóis ficam melhor quando são passados assim", ela concluiu animada, sentindo que ajudava.

"Espere, já quase terminei", declarou a senhora, posicionando seu corpinho idoso no centro da máquina para que Adah não tivesse espaço algum. Adah, uma cliente habitual da lavanderia, conhecia todos os truques. Ela não disse mais nada, mas agiu. Pegou as peças pequenas, especificamente as menores calças de bebê, e foi abrindo caminho afastando a senhora da máquina, sem palavras, mas com determinação, e começou com as calças mais puídas. Ela as colocou sem hesitar por cima dos lençóis branquíssimos e exageradamente bem cuidados da senhora.

"Ei", ela protestou, "você não pode me mandar não terminar meus lençóis, certo?".

"Não, docinho, não posso mandar, mas posso dizer uma coisa: essa máquina tem espaço para três pessoas, não uma".

"Tire essas coisas velhas de cima dos meus lençóis, ouviu?", a velha guinchou, a voz trêmula.

"Não posso tirar, querida, já estão na máquina".

"Eu não entendo vocês, realmente não entendo".

"Que pena, meu bem, mas você já quis mesmo entender?".

"Do que está falando?".

"Não importa, querida. Aqui está vindo seu lençol com minhas velhas coisas por cima. Talvez você precise lavá-lo de novo".

Adah estava determinada a não ser delicada com os sentimentos da mulher. Às vezes ela ficava de saco cheio de ser tratada como semi-humana.

A senhora grunhiu, bateu pé e esbarrou em coisas ao redor, e Adah cantarolou uma música pop. A velha baixou a voz e cuspiu maldosamente "por que você não volta para seu maldito país?".

Adah tinha sentido que a velha senhora ia dizer alguma coisa assim. Ela também sabia que outras mães estavam ouvindo, interessadas. Então ela levantou a voz e disse "você não parece inglesa para mim". Era um chute. Mas sua longa estadia na Inglaterra a tinha ensinado que os nativos ingleses, equilibrados e de fato felizes, eram os menos contrários a imigrantes. O cabelo da senhora, apesar de aleatoriamente polvilhado de branco, era preto demais para que ela fosse uma verdadeira anglo-saxã ou seja lá quem for o povo original do país.

"Ela é grega", gritou a senhora Williams da outra máquina de passar. Todos riram.

"Cala a boca, sua negra selvagem, vocês nem usam calcinhas no seu país". A filha da velha se materializou de algum lugar.

"Você está usando calcinha?", a senhora Williams quis saber, com as mãos nos quadris.

"Sim, é claro que estou", gritou a jovem mulher, bastante exaltada. Ela levantou a barra da saia. Isso causou uma rajada inesperada de risos nas mulheres espectadoras.

"Ela acha que estamos no Soho", disse a senhora Williams.

Charlie entrou, viu a situação e aconselhou a senhora a aprender a dar e receber. Ela estava aturdida demais para continuar a passar roupas. Embrulhou suas coisas, inclusive as não passadas, e foi para casa, com a filha atrás.

Duas outras mulheres se juntaram a Adah e elas compartilharam a máquina sem qualquer briga, e Adah, como de costume, começou a se culpar. Ela deveria ter deixado a velha terminar. Ela não deveria ter deixado a senhora Williams ridicularizar a jovem; ela não deveria ter usado as armas da mulher acusando-a de ser imigrante. Mas a mulher não tinha se esforçado para ser mal-educada com ela? Ela não ficara feliz com a senhora indo embora sem terminar suas roupas. Mas não havia nada que pudesse fazer. A senhora Williams já estava falando de outra coisa.

A caminhada até a casa foi curta. Todas foram à escola buscar as crianças e o bando barulhento parou numa loja de doces para comprar pirulitos e balas. O nariz de Bubu estava correndo tanto que parecia uma vela derretida. Adah comprou um rolo de papel higiênico e limpou o nariz dele. Era melhor comprar papel higiênico nessas situações; lenços eram mais macios, só que mais caros.

"Você precisa chegar muito cedo na reunião hoje", disse a senhora King, conforme empurrava seus filhos para dentro do apartamento. Ela morava no térreo.

Adah, com a ajuda das crianças, subiu os degraus de pedras úmidas.

"Eu entrei para uma gangue hoje", anunciou Vicky, o mais velho de Adah. Tinha cinco anos.

"Você entrou?", perguntou Adah, enquanto subia ofegante a escada sem fim. "O que a sua gangue faz?".

"Caça beijos", ele respondeu prontamente.

"Caça beijos? O que é isso? Não vá fazer bobagens na sua idade. O que é caça beijos, hein?".

"Bom", continuou Vicky, feliz ao conseguir a atenção que desejava. "É isso aí, mãe, não é nada ruim, a gente caça as meninas e dá beijos e elas riem pelo parquinho todo. E sabe o que mais, mãe, também tenho uma namorada". O rosto de Vicky parecia uma pintura. Os olhos dilatados e a pele brilhando. Era como se tivesse caminhado na lua. "Vou casar com ela".

Essa última frase era um aviso. Adah não podia repreendê-lo. Ele tinha muita imaginação e nem sempre sabia onde os sonhos acabavam e a realidade começava. Adah sorriu, mas não disse nada.

Dentro do apartamento, eles começaram a desempacotar as roupas. Então Titi perguntou "qual o nome da sua namorada?".

"Alison".

"Que nome bonito. Ela é branca ou negra?".
"Ah, não tenho certeza. Ela é as duas coisas, eu acho". O menino parecia confuso. "Sabe, ela tem cabelo cacheado, e é uma menina".
"Você é um cafajeste. Nem sabe se sua namorada é branca ou negra. Você é burro". Titi estava muito irritada com seu irmão mais novo.
"Você não sabe tudo, tá bom", Vicky se defendeu. "E eu vou perguntar amanhã".
Adah olhou para seu filho. Era engraçado como as crianças podiam ser tão cegas para cores. Sem pensar, ela acariciou a cabeça encaracolada e coberta de suor do seu menininho. *Em pouco tempo o mundo vai ensinar qual a cor da sua namorada. Antes mesmo de caçar um beijo, você vai primeiro pensar na cor dela.* Vicky ficou com vergonha e se desvencilhou. Ele caçava beijos da namorada, não da mãe, é o que parecia dizer seu olhar de reprimenda. Ele não estava acostumado com tais demonstrações de afeto da mãe sobrecarregada. "Sou grande agora, mãe", ele avisou.
"Sim, querido, posso ver que você está muito grande".
Adah chegou atrasada na reunião. O grande salão estava cheio e um conselheiro falava. Ele faria isso e aquilo, assim e assado. Todos os inquilinos se mudariam até junho. Foi um golpe para Adah. E o novo conselheiro parecia estar falando sério. Adah se forçou a prestar atenção. Tudo estava acontecendo muito rápido. *Ah, Deus, me ajude*, ela rezou. Mudar-se do residencial Pussy Cat para as novas caixinhas de fósforos da cidade era ir de mal a pior. Pelo menos havia acolhimento no residencial.
Depois da reunião, Carol convidou a senhora Cox, Adah e Whoopey para um café.
"Você está engordando, Adah", observou Whoopey. "Não deveria tomar isso".
"Você acha que eu não sei? Mas é uma oportunidade única. Não é todo dia que me convidam para um café cremoso na frente da Roundhouse".
"Ah, deixe ela em paz", disse Carol, vendo Adah gulosa colocar o chantilly de colherinha na sua grande boca, e com muito

barulho e algazarra. Seu lábio inferior caía como um gomo de laranja. Ela lambeu o lábio carnudo com tanta vontade que as outras riram.

"Posso ver que você está gostando", Carol disse rindo.

"Delicioso", disse Adah. Ela estava divertindo-as e sabia. Pois de que outra forma ela poderia aceitar comida comprada por outra mulher, sabendo muito bem que ela nunca conseguiria pagar de volta. Ela tinha que agradar a Carol, mas o mais engraçado era que, ao mesmo tempo que assim demonstrava sua gratidão, ela estava mesmo aproveitando. Às vezes vale a pena não levar o mundo tão a sério. Ela estava bem satisfeita.

"Vamos para o bar", sugeriu Whoopey. Bebidas eram a especialidade de Whoopey.

Elas foram para o bar em frente à Roundhouse. O barulho e o calor eram quase insuportáveis. Algumas pessoas estavam sentadas, mas a maioria estava de pé e balançando distraidamente ao som da música. A maioria das mulheres estava vestida à moda cigana moderna e usava contas e guizos. As roupas não tinham estampas bem definidas: eram qualquer coisa. Abundavam até desenhos africanos selvagens. Adah nunca vira um grupo tão grande vestido tão na moda em um lugar tão pequeno. A linguagem também era diferente. Uma pessoa se aproximou de Adah, e braços logo circundaram sua cintura grossa. Ela não sabia o que fazer, então cumprimentou a pessoa. "Doces sonhos", disse o indivíduo. Adah ficou inquieta, pois não sabia se era um homem ou uma mulher. A face tinha um formato lindo, mas o pano na cabeça era como o de um homem muçulmano. Ela olhou em volta atrás de Carol e Whoopey e não se surpreendeu ao ver que elas estavam recebendo beijos alternados de um homem com uma barba longa o bastante para ser a de Jesus de Jericó.

"Doces sonhos", repetiu a companhia de Adah. Deve ser uma espécie de saudação, então ela respondeu com "doces sonhos". A pessoa não tinha barba, e Adah teve a sensação desconfortável de estar sendo acariciada por uma mulher.

Começaram a dançar. Dançar era um pouco como flutuar à deriva. Ficavam à deriva para lá e para cá ao som da música que quase desaparecia sob o barulho. Por sorte, ela conseguiu chamar a atenção de Carol e disse que gostaria de ir para casa. Carol concordou, pois seu acompanhante masculino achou muito mais fácil segurar Whoopey pela cintura do que ela.

"Ah, você precisa ir agora?", reclamou com doçura o ex--acompanhante de Carol. "Que pena. Justo quando eu estava conhecendo sua amiga. Ela não é uma querida?".

A senhora Cox entrou na hora certa para o resgate, puxou sua filha embriagada, recolheu os maços de cigarro entregues a ela pelo novo garanhão e o homem foi balançando até a antiga companheira de Adah. Agora ela teve certeza de que estivera dançando com uma mulher. Sentiu frio, de súbito.

Uma semana depois, a questão da mudança estava virando realidade. Seus vizinhos do lado, os elegantes, foram uma das primeiras famílias a se mudar. Eles estavam felizes de sair do fundo do poço porque o filho da família trabalhava. A mãe já fora viúva, morando no poço com as outras mulheres, mas o filho a tirara de lá. A família deles estava completa. Os Pequenos não precisavam de nenhuma comunidade para serem felizes. Eles tinham formado a sua própria.

O FANTASMA DO RESIDENCIAL

Pouco menos de dois meses depois da reunião na Haverstock Hill, o residencial estava quase vazio. A maioria das pessoas tinha ido embora, ficando apenas a ralé — aqueles que deviam quantidades enormes de aluguel, ou aqueles que nunca tiveram coragem de pedir para serem realocados. Adah pertencia ao último grupo.

"Este lugar tem um cheiro horrível", Whoopey suspirou um dia enquanto subia as escadas com seus dois filhos.

"Sim, e é escuro também; você sabia que o zelador apaga as luzes às nove, então, para subir as escadas de noite, sempre morro de medo", Adah respondeu.

"Sim, eu também. Quer saber? Eles não se importam mais com a gente, você nota que eles não querem mais gastar dinheiro aqui. Você já recebeu uma oferta?".

"Não, nem fui ao escritório desde a reunião", Adah explicou.

"Foi o que eu pensei, porque você não está devendo, está?".

"Não, não estou, eu só não sei quem procurar. Não estou muito a fim".

"Bom, ouça", aconselhou Whoopey. "Todo mundo precisa ir embora deste lugar. Ninguém vai ficar para trás. Então é melhor você decidir para onde vai. Eu também não tenho um lugar, então podemos visitar o senhor Persial hoje de noite. Ele é quem você precisar procurar. Ele arruma tudo. Ele vai arrumar para a gente".

"Eu lembro dele, o simpático que veio aqui outro dia. Mas ele prometeu me escrever em breve", Adah disse, franzindo o rosto de preocupação.

"Bom, ele nunca vai fazer isso enquanto você não relembrar. Vamos juntas, vou deixar as crianças com a minha mãe, e vamos. Eu recebi uma oferta, mas não gostei, eram só dois quartos. Eu quero três, dois para as crianças e um para mim".

"Talvez eles queiram que você divida um quarto com o bebê".

"Acho que sim, mas como vai ser quando ele crescer? Ele tem dezoito meses agora, e onde meu amigo colorido vai dormir quando me visitar? Por isso quero viver longe da minha mãe, entende. Ela é uma intrometida nata".

Adah e Whoopey sem pensar olharam da varanda para o pátio. Um grupo de seis ou sete pessoas estava reunido na frente do número X. Era um dos apartamentos de um quarto só ocupados por pessoas muito velhas. Havia uma van do Conselho esperando do lado de fora e dois homens que tinham cara de terem saído de uma ambulância. Eles estavam falando alto e batendo na porta da frente da velha senhora. Não parecia haver resposta dentro do apartamento. Whoopey e Adah observaram distraídas.

"Não fique às voltas com namoradinhos agora que vai estar sozinha, Whoopey. Por que não começa a fazer alguma coisa, costura, pintura, ora, qualquer coisa para ocupar seu tempo agora que sua família vai ficar separada de você?".

"Sim, estou pensando nisso também. Minha irmã está aprendendo enfermagem. Ela quer ficar com a mamãe para que ela cuide das crianças durante o treinamento. Ela quer começar a fazer suas próprias roupas também, como você".

"Isso vai ser muito bom", comentou Adah, seus olhos ainda fixos nos acontecimentos à porta do apartamento da senhora do térreo.

"Olhe, Adah", Whoopey arquejou, "eles estão arrombando a porta da senhora. Olhe ali. Acho que ela teve um derrame. Vamos lá ver".

Elas correram para baixo. Adah pegou no colo uma das crianças de Whoopey. A garotinha protestou em alto volume, mas Adah a segurou firme. Quando chegaram lá embaixo, foram até a porta da velha senhora. Os dois homens de uniforme aparentemente tinham trazido uma refeição para ela. A história era óbvia.

Ela estava morta: provavelmente tinha morrido no meio da noite ou naquela manhã mesmo. Ninguém saberia ao certo. Surpreendentemente, seu leite intocado ainda estava à porta dentro de uma caixa pequena.

Whoopey e Adah não entraram quando os homens arrombaram a porta. "Pobre senhora Jackson, ela era tão simpática", Whoopey lamentou. "Sabe, Adah, pouco tempo atrás, ela poderia ter sido enterrada aqui", Whoopey apontou para o chão cimentado em frente ao apartamento da senhora Jackson.

O olhar de Adah seguiu naquela direção. Ela leu com um calafrio o "In memoriam" a alguém. O residencial Pussy Cat foi construído sobre um cemitério. Ela estremeceu. Ai, Deus!

"Whoopey, *temos* que ir hoje ver o senhor Persial, preciso me mudar daqui".

"Eu também", disse a senhora Ashley, que estava por ali. "Eu já recebi uma oferta, mas eles estão reformando o lugar. É horrível morrer sem ninguém por perto para ajudar. Foram as paredes úmidas que a mataram. É terrível deixar os idosos morarem em lugares assim".

"Tenho certeza de que ela morreu dormindo", Adah consolou.

Ela e Whoopey estavam tão preocupadas com os acontecimentos que só responderam ao comentário nervoso da senhora Ashley com monossílabos. Mas elas foram subitamente acordadas pelo menino de Whoopey que, ao se ver livre e entediado ao máximo de só ficar ali parado, correu para dentro do apartamento da senhora. Whoopey se esgueirou com precisão e o fisgou para fora pelos cabelos. O garotinho foi esbofeteado e as duas mães pensativas subiram as escadas. *Que péssima vida para uma mulher solitária*, Adah pensou. *Ah, Deus, me deixe morrer no meu país quando chegar a hora. Pelo menos lá haverá gente para segurar a minha mão.* Mas então os pensamentos dela voltaram-se às pessoas do seu povo, que tinham recentemente morrido na floresta durante a Guerra de Biafra. A maioria tinha morrido por picada de cobra, fugindo para se salvar. Não havia segurança em lugar algum, realmente. Nunca se podia estar tranquilo. Imagina se ela morresse no mar, no ar ou em qualquer lugar onde nem houvesse uma cama. Disse a si mesma para não ser estúpida, ela ainda era jovem, e a morte estava a uma grande, grande distância. Ela gostava de pensar que a morte só existia para os velhos e cansados. A morte da senhora Jackson tinha mexido com ela.

O escritório do senhor Persial ficava ao lado de uma residência hippie, ou o que parecia ser um santuário gnóstico. A casa dele era pintada de azuis pavorosos e vermelhos sangrentos. A sala era medonha. Deveria ser um escritório temporário criado para atender às realocações urgentes de moradia. As cadeiras ficavam todas rigidamente enfileiradas, como numa sala de aula. Todas estavam gastas e em mau estado, provavelmente abandonadas por inquilinos gratos por saírem de suas casas velhas e úmidas em troca de casas novas mais modernas. O chão não tinha sido varrido.

Quando Whoopey e Adah entraram, o senhor Persial estava falando com uma mulher loira e gorda a respeito de um abatimento. Ele falava de um jeito calmo e controlado, exalando confiança.

"É claro, todo o possível será feito com urgência. Não precisa se preocupar. Você com certeza ganhará seu abatimento. Essas coisas levam tempo, você sabe, mas não se preocupe. Vou ver o que posso fazer. Amanhã mesmo". A mulher se tranquilizou, mas parecia cínica quando agradeceu o senhor Persial e saiu.

"Esta é Adah", anunciou Whoopey. "Ela não recebeu nenhuma oferta e quer quatro dormitórios, e é melhor você lhe dar uma construção nova porque ela é mais limpa que eu".

O senhor Persial sorriu. Era um homem careca com olhos inchados e um sorriso preguiçoso. Ele olhou para Adah de modo agradável. Pegou sua caneta da mesa esfarrapada e a segurou no ar. Seu sorriso se abriu mais, incluindo Whoopey de maneira bastante complacente. Ele procurou um formulário e Adah forneceu os detalhes.

"Mas veja, senhor Persial, eu gostaria de uma casa. Uma casa reformada com aquecimento central. Não me importa a idade da casa, desde que tenha privacidade e quatro dormitórios", Adah acrescentou esperançosa.

"Lamento, mas raramente temos casas com aquecimento central e apartamentos com quatro quartos são muito difíceis de se achar hoje em dia", respondeu o senhor Persial.
"Tudo bem. E se for uma casa geminada?", Whoopey perguntou.
"Não posso prometer, mas vou ver o que posso fazer". O senhor Persial deveria estar achando a frase "o que podemos fazer" muito útil. Lembrava um dos atendentes na agência de empregos.
"Mas dê a ela uma construção nova", disse Whoopey ainda inflexível.
"Como disse, vamos ver o que podemos fazer no andamento das coisas. Temos casas de dois andares com três quartos por todo lado, mas quatro... bom, não posso prometer. Por que não deixa o bebê dormir com você, senhora Obi?".
Os vistosos cílios de Whoopey chicotearam raivosos. Adah se sacudiu num esforço para controlar seu medo crescente. O que esse homem achava que estava fazendo? Querendo empurrá-la de uma casa de quatro dormitórios para uma de três? Ela não aceitaria nada disso. Ela ficaria no residencial até conseguir o que queria.
"Muito obrigada, mas a escola acha que é melhor para as crianças elas dormirem longe dos pais", a voz de Whoopey chiou com um estalo emocional. "E, por falar nisso, senhor Persial, é por isso que você precisa me conseguir outro apartamento. Não posso dividir um quarto com meu filho. Não é saudável", Whoopey concluiu, soando acadêmica, citando os assistentes sociais.
O senhor Persial se recusou a se comprometer, mas ele estava se divertindo. Whoopey e Adah pareciam determinadas. Elas não sairiam do Pussy até conseguirem o que queriam. O senhor Persial foi salvo do massacre verbal que teria se seguido não fosse a chegada de duas outras mulheres. Elas pareciam dar a ele uma dose de coragem. Estavam impacientes para que Whoopey e Adah fossem embora, e o senhor Persial ficou com a impressão de que Whoopey não seria muito ofensiva enquanto as duas novas recém-chegadas estivessem olhando. Portanto, ele aproveitou a oportunidade para dar uma palestra às inquilinas do Pussy Cat sobre a questão das famílias grandes.

"O problema é que famílias grandes não estão mais em voga. As famílias estão menores hoje em dia. Nós, na Inglaterra, não temos famílias grandes. Reduzimos o número de crianças porque é mais econômico. De fato, na maioria das sociedades civilizadas, essa é a nova regra tácita".

Whoopey se perdeu no meio do labirinto do argumento. Ela não se interessava tanto por sociedades civilizadas e regras tácitas. Mas Adah sentiu que o senhor Persial a estava acusando diretamente. A gota d'água foi quando ele disse "você deve amar crianças, ou não se cuidou, ou as duas coisas".

O autocontrole de Adah desapareceu. Quem esse funcionário achava que era para dizer o que era certo e o que era errado para ela? "Você consideraria, senhor, os Kennedy incivilizados ou fora de moda? O que você pensaria sobre a Família Real? Quem vai substituir todas aquelas milhares de crianças sendo mortas na África por algum idealista político de meia tigela. Me diga! Você tem a audácia de sentar aí e me dar uma lição sobre a explosão populacional mundial em lugares como a Inglaterra. Por que não vai dar o seu sermão na China e no Japão?". Adah se deixou levar, mas o senhor Persial entendeu a mensagem.

"Desculpe se ofendi, dona. Eu não lhe acusei pessoalmente. Só estava tentando explicar por que é impossível conseguir um apartamento de quatro quartos neste momento. A maioria dos apartamentos é projetada para famílias menores. Mas, eu garanto, você vai receber notícias em breve".

Essa era uma das coisas que ainda desconcertavam Adah. O homem inglês. Os bem-educados fariam qualquer coisa parecer importante, desde que essa coisa fosse uma mulher. Um homem africano a teria mandado embora. Afinal, estava pedindo.

Dois dias depois, ela recebeu uma oferta e foi dar uma olhada. Era um apartamento novo e, de certo modo, um duplex, pois ficava no décimo quarto e no décimo quinto andar de um arranha-céu ultramoderno. Uma das novas maravilhas da Londres contemporânea. Dentro, ele era novo, limpo e muito claro, mas quando ela olhou para fora de uma das janelas da sala, viu o chão dançar sob seus olhos. Fechou a janela com toda velocidade. Precisou de um tempo para se recuperar da vertigem. Ela não queria aquele lugar, mas ficou em dúvida sobre qual seria a reação dos funcionários do Conselho. Ela trancou a porta e foi embora. Preferia enfrentá-los a viver todos os dias naquela altura.

"Olá, olá, mãe do Bubu", Adah se virou e viu a mãe de um dos colegas de Bubu sorrindo em saudação.

"Ah, olá, então você vive aqui?", Adah perguntou surpresa. "É novo, eu não sabia que você morava aqui".

"Ah, Deus", suspirou a jovem. "É aqui mesmo que moramos". Ela correu os dedos pelos cabelos despenteados, coçou um pouco a cabeça e franziu o rosto liso. Ela parecia cansada. Infeliz. "Viemos três meses atrás, mas, Jesus, é péssimo. A altura é suficiente para levar alguém à loucura. Eu tenho tanto medo. Você está vindo morar aqui? Não aceite. O que eles esperam que você faça com todas as suas crianças quando os elevadores quebrarem? Já quebraram umas seis vezes desde que chegamos aqui. Eu deixo que John carregue tudo. É de matar. Eu tenho que ficar com as crianças o tempo todo, entende? Se alguma delas cai, vira pó. É tão longe do chão. Não gosto nem um pouco. Vamos embora em breve. Não é bom para pessoas com filhos pequenos. Eu não ousaria ter mais um filho nesse lugar". A mulher provavelmente não tinha visto ninguém para conversar desde que John saíra para o trabalho.

Ela continuou: "Estamos à metade da distância de Deus num lugar como esse".

"Então já teremos meio caminho andado quando chegar nossa hora, e economizamos na passagem", Adah brincou, tentando animar a mulher.

"É, isso é que eu sempre digo também, mas temos que esperar até morrer. Qual o sentido de estar na metade do caminho quando deveríamos ficar vivos? Eu juro, já estou na metade do caminho e, acredite, vou logo chegar lá se ficarmos muito tempo neste lugar. O médico me deu calmantes. É tão irreal. Não aceite, e não diga que eu falei com você".

"Obrigada", disse Adah pensativa. "Eu não me incomodo com a altura desde que não olhe pelas janelas, mas a ideia de um elevador quebrar e ter que carregar meu bebê, o carrinho e as compras por quatorze andares! Nossa! O que acontece quando eu deixo as crianças sozinhas no apartamento para fazer compras? Vou morrer de preocupação. Não vou conseguir fazer nada direito".

"Bom, vou dizer uma coisa", confessou a mulher, "quando nos mudamos para cá, achamos que eu teria que pegar um trabalho de meio turno, com limpeza, sabe, pelas manhãs, durante um ano, para pagar os móveis deste lugar, mas vou dizer uma coisa, John tem tanto medo de que as crianças caiam e quebrem o pescoço. Então, sabe, a gente nem consegue deixar o lugar bonito. John ganha tão pouco, entende. Tudo isso me deprime".

"Não vou aceitar", Adah disse enfim, decidida. Ela subiu o queixo e deu uma sonora palmada nos lábios carnudos. Uma atitude determinada.

"É a melhor decisão que você já tomou na vida, posso garantir. E quer saber? Se você aceitar, eles vão levar meses e meses para uma outra mudança caso mude de ideia sobre o lugar. Você não ia gostar, ia?".

"Nem consigo encarar outra mudança quando penso no que vai me custar. Eu sou sozinha, você sabe, então mal dou conta de tudo".

"Ouça, querida, melhor assim. Minha irmã está por conta própria e recebe toda ajuda que precisa com as crianças, jantar grátis, vales e tudo mais. As pessoas do bem-estar social visitam e dão dinheiro e presentes. O apartamento dela foi mobiliado pelas pessoas do seguro-desemprego. Entende, se você é casada, não recebe ajuda nenhuma. Você sabe. Mas o John é bom, e eu não trocaria ele por nada no mundo, mas, quando penso nisso, está tudo errado de alguma maneira. Por que tenho que ser pobre por ser casada?".

Sim, estava tudo errado. A senhora King no residencial Pussy Cat mandou o marido embora porque ficava melhor sem ele. Estava mais feliz com o auxílio e como mãe separada. Ela até se gabava, "estou por minha conta, sabe". Essa era a única maneira de ter roupas decentes para as crianças e para si mesma. As crianças se saíam melhor com uma mãe feliz e tranquila do que com pai e mãe esgotados e infelizes. Nenhuma criança se torna um adulto normal num ambiente de ódio. Poucos animais sobrevivem sem um tanto de amor tranquilo e de segurança. Mas essa mulher estava presa pelo amor que sentia pelo seu John. A senhora O'Brien resolvera seu problema fazendo o marido ficar em casa com ela. Ela tinha mesmo do bom e do melhor. Tinha um marido amoroso, um ajudante, e dinheiro suficiente para ficar acima da linha da pobreza, até mesmo uma sobra para o bingo. Os boatos diziam que ele saía para trabalhar às escondidas, sem documentação. Mas para eles compensava viver assim.

Tudo é tão injusto, pensou Adah, ao devolver os formulários no Departamento de Habitação. A jovem atendente, de saia rodada, queria saber por que Adah não aceitava a oferta. Havia muito que explicar, então Adah fez sua treinada cara de africana, fechou a boca e não disse nada. Era sempre fácil fazer isso, porque ela tinha um lenço sobre a cabeça, amarrado com determinação sob o queixo. O rosto estava brilhante e sem maquiagem, os lábios soltos. Ela reservava essa cara para lugares onde sabia que a sociedade esperava que ela fosse pobre.

"Você não entende inglês?", a atendente perguntou, exasperada.

"Não, não, não querer a casa. Não querer", Adah respondeu, sacudindo a cabeça como um bebê sem dentes. Ela saiu rápido, ainda balançando a cabeça. Não queria ser reconhecida por Carol e os amigos dela.

A garota apenas carimbou e observou. "Essa gente, essa gente", ela disse, também balançando a cabeça.

Outras duas ofertas vieram depois da oferta do arranha-céu. Uma era para compartilhar uma casa com uma velha senhora com um cachorro do tamanho de um elefante. O cão latia tão feroz que, por um momento, Adah teve certeza de que ele fora treinado para estraçalhar todos os negros à vista. Ela nem teve coragem de abrir a porta. Perguntou-se como uma senhora tão velha podia lidar com uma criatura tão forte. Depois da última oferta, que não lhe parecera adequada, ela decidiu ficar onde estava. Permaneceria no residencial Pussy Cat. Eles teriam que fazer a reforma ao redor dela. Ela tinha medo de enfrentar situações novas e desgastantes.

Cansada de estar sozinha nesse estado indefinido, ela visitou o escritório de Carol. Todos os de sempre estavam lá. Muitos que já haviam se mudado tinham vindo de suas novas casas até ali para remexer os móveis de segunda-mão e outras velharias que Carol estava recebendo aos montes do Exército da Salvação. A Princesa parecia muito à flor da pele, indecisa e infeliz.

"Eu me mudei", ela informou a Adah. "Me mudei ontem. Tem aquecimento central, e é fácil de limpar e seco. Eu gostei".

"Que bom", Adah se entusiasmou. "Que andar você está?".

"Primeiro e segundo. Eles me colocaram lá por causa dos meus pés. Não posso subir escadas. Foram muito gentis".

"Agora", disse Carol, que estava tentando ligar para alguém, apesar do barulho na sala. "O que você quer que eu peça para eles, Princesa?".

"Sim, obrigada, eu preciso de tapetes para os banheiros. O piso fica frio sem tapetes".

"Alô, alô", gritava Carol infeliz. Todos podiam sentir que Carol estava mesmo muito infeliz. Era evidente. A Carol alegre e falante estava desaparecendo com os moradores do Pussy. Ela perderia o rebanho do Pussy, porque muitos que saíam do residencial estavam determinados a não serem mais famílias-problema. Ela poderia ter outra comunidade, entretanto, se tivesse sorte. Mas, por enquanto, seus dependentes no Pussy estavam todos indo embora e, para Carol, isso era motivo de preocupação. "Olha aqui", ela berrou ao telefone. "Essas pessoas não têm nada. Tapetes de banheiro podem ser baratos para você que recebe um salário... Tudo bem, tudo bem, vou preencher o formulário para tapetes, mas atenda logo o meu pedido. A Princesa sofre muito com dores nos pés". Ela bateu o telefone no gancho. O som se apagou lentamente, e todos ficaram quietos, envergonhados por algum motivo. Sentiam que estavam se aproveitando de Carol. Ela estava cansada.

"Obrigada", disse a Princesa, tentando quebrar o gelo.

"Gostaria que parasse de me agradecer, e quero que você saiba que não sou mais sua assistente social. Estou passando você para a nova assistente. Não sou mais assistente social de quem se muda daqui".

Era um anúncio verdadeiro, e todas as mulheres no poço sabiam disso. Mas que isso fosse jogado na cara delas assim era doloroso. Parecia que Carol estava dizendo "se vocês se recusam a ser famílias-problema, então não são mais minha responsabilidade" — e não são mais amigas. Será que Carol queria que elas ficassem no poço, para que ela sempre pudesse se gabar de seus "casos"? Adah já fora humilhada por Carol desse jeito diversas vezes. Ela contara muitas coisas a Carol, como sua Conselheira Familiar, mas Carol tinha o hábito de fofocar as histórias para as amigas delas, e pior ainda, quando Adah estava junto. Na maioria dos casos, ela pedia a Adah que confirmasse a história, e Adah, sem querer abrir mão de algum auxílio que Carol pudesse conseguir para ela, recontava a história. O caso que mais divertia as amigas era o de como Adah, rindo, tinha contado a Carol sobre sua incapacidade de acender o coalite da primeira vez que tentou. Carol tinha repetido tantas vezes, na frente dela, que Adah entendeu em algum momento que Carol a levava a esses encontros e reuniões da mesma forma que alguém levava uma piada ensaiada. Mas Adah sabia que ela ia rir por último. Ela só contava essas histórias quando sabia que estava para receber um benefício. Esse tipo de negociação acontecia em silêncio. A senhora O'Brien tinha seu próprio método, o de se derramar em lágrimas e fazer Carol se sentir uma divindade distribuindo caridade. Carol tinha apreciado todos esses papéis; agora ela se perguntava como conseguiria encontrar de novo um grupo de pessoas prontas para serem humilhadas, com segredos que podiam se tornar piadas públicas, ao mesmo tempo que não falavam nada sobre as pequenas fraquezas de Carol?

Ainda no dia anterior, Whoopey tinha advertido Adah de que elas estavam sendo usadas, e que ela, pelo menos, nunca iria a um dos abomináveis encontros de Carol. "Ela só vai lá para nos transformar numa atração", era o cruel veredito de Whoopey.

Olhando para Carol depois do surto dela, Adah de repente sentiu frio. Ela percebeu que estava tremendo. Tinha permitido que Carol e outros policiais sociais a usassem mais do que ela tinha pretendido. Nunca era tarde demais para aprender. Todos tinham sido reduzidos a um estado de apatia, inadequação e incompetência. Era doloroso, mas não havia nada que pudessem fazer. Algumas das mulheres reagiam com violência.

"Você não precisa falar assim, sua vaca gorda. Vamos embora deste buraco desgraçado", explodiu a senhora Cox.

"Assim que a gente se muda, ela não se importa mais", reclamou a Princesa penosamente. Ela estava chorando de verdade. Todos começaram a se dirigir à porta. O sentimento de que as pessoas que restavam no residencial já tinham passado da hora de ir embora era visível para todos.

Carol se acalmou, constrangida ao perceber que estivera errada em expor seus sentimentos. O que ela não sabia era que todos estavam cientes deles, mas temiam falar por medo de perder as "recompensas de Carol".

"Por favor, Adah, *espere* um minuto", ela chamou numa voz cansada.

Adah sentiu pena dela. Ela tinha pensado que Carol fazia piadas às suas custas e na sua frente porque era uma mendiga negra; ela não sabia que esse era o costume de Carol com todos os "casos", tanto brancos quanto negros.

Quando a sala se esvaziou, ela disse para Adah: "Eles atormentaram o Conselho até saírem desse lugar. Eu não sei por que ainda se prendem a mim. Os funcionários veteranos no departamento acham que eu gosto de trabalhar com todos vocês o tempo inteiro".

Esse era um dilema, Adah pensou. Era provavelmente difícil para Carol se separar deles. Por que não desabava em prantos, demonstrando às pessoas que se importava? Afinal, fazendo piadas sobre Adah ou não, Adah sempre se lembraria dela como uma amiga que tornava suportável a vida no fundo do poço, apesar de relembrar sua gentileza de um modo peculiar. "Quando eu me mudar, vou evitar você tanto quando puder", ela decidiu. "Você é uma pessoa gentil, mas, enquanto você continuar agindo como alguém superior aos outros seres humanos, vai ser difícil conseguir amigos leais, e sua gentileza não vai dar em nada".

"Você já recebeu alguma oferta?", perguntou Carol.

"Não recebi nenhuma oferta boa, mas tenho certeza de que logo vou conseguir o que quero".

Carol sorriu, um sorriso débil e hesitante. "Vou sempre manter contato com a nossa Adah".

Adah se repreendeu por não ver bondade naquela mulher. Talvez ela estivesse solitária e muito vulnerável, e mais sensível também. Ela era, afinal, humana, e tolerar as "mesquinharias" das mulheres do poço não pode ter sido um trabalho fácil.

Adah, sem saber mais o que dizer, agradeceu e saiu do escritório. Sua caminhada de volta foi lenta e meditativa. O residencial tinha uma aparência fantasmagórica. Lixo abandonado se amontoava ao redor das lixeiras e no pátio. *Acho que tenho que ir embora. Tenho que sair do fundo do poço em algum momento, tenho que aprender a tomar minhas decisões sem passar pela Carol. Talvez eu vá ter outra assistente social, ou não. Quando tiver necessidade, posso escrever para o Seguro. Não compensa usar outra pessoa para atingir seus objetivos.* Ela achava que estivera usando Carol para conseguir dinheiro fácil, mas no processo percebeu que Carol também a usava. As duas estavam erradas. Sem maldade. Sem crimes. Mas uma coisa que estava determinada a fazer era não se submeter nunca mais, por nada. O mundo tinha o hábito de aceitar o modo como cada um se classificava. O último lugar em que ela ia se encarcerar era o poço.

Caminhou ligeiro para o apartamento, mas parou para ler uma última vez os nomes daqueles enterrados no cemitério do residencial. "Adeus, fantasmas, sejam vocês quem forem, e durmam bem".

Um grupo de mulheres do poço estava de pé ao lado da porta que tinha pertencido à Princesa, em silêncio, perdidas. Adah não tinha vontade de conversar, então entrou em casa.

Sobre o tapete marrom e úmido atrás da porta, havia outro envelope. Outra oferta. Ela aceitaria.

Uma semana depois, ela se mudou do residencial, para longe do poço, para enfrentar o mundo sozinha, sem o conforto aconchegante da senhora Cox, sem as determinações de Carol. Era hora de se tornar um indivíduo.

NAS CAIXAS
DE FÓSFOROS

Adah gostava muito mesmo do seu novo apartamento. Ela tinha dois pisos só para ela e o aquecimento central estava instalado. Estava embriagada de alegria com o bairro, bem na frente do famoso Regent's Park. Tinha cheiro de dinheiro e de riqueza verdadeira. Essa propriedade do Conselho da classe trabalhadora onde ela morava estava ao lado de casas caríssimas e apartamentos de escritores e atores de sucesso. Foi muito assustador no começo, principalmente porque não parecia haver um mercado de rua como o da Crescent, a que ela estava acostumada há anos. Ela não tinha descoberto a rua Inverness, e mesmo essa ficava a uma grande distância para fazer compras para uma família de seis, com um bebê a ser empurrado ou carregado.

No lado oposto à sua janela ficava uma loja de antiguidades. Ali ela aprendeu que havia diferentes tipos de mobília velha, algumas na loja aparentemente valiam centenas de libras. Ao lado do antiquário havia uma loja de pianos caros. Bom, ela tinha sonhado com viver num bairro de classe média e agora conseguira. Estava determinada a aproveitar o novo entorno.

Sua primeira dificuldade foram as compras. Não havia uma só loja barata perto dela, então ela soube que faria viagens frequentes até a Crescent. Isso significava gastar com a passagem. Teria que dar um jeito.

Os apartamentos eram construídos exatamente como uma construção infantil com caixas de fósforos. Em apartamentos como esse, não dava para gritar com os vizinhos pelas manhãs quando se estava pendurando as fraldas dos bebês para secar. Na verdade, às vezes se tinha a sensação de ser Robinson Crusoé, completamente sozinho. As paredes eram mudas, totalmente à prova de som para que os apartamentos fossem tranquilos e reservados, mas isso resultava em isolamento, que é o outro lado da moeda da privacidade. Não havia pátio como o do residencial; em vez disso havia um corredor estreito todo branco, como um hospital, no qual se alinhavam vistosas e reluzentes portas brancas. Cada porta tinha sua própria placa com número. O apartamento da caixa de fósforos era lindo. Por fora, todo o bloco parecia uma fábrica modelo, inteiramente sólido, cheio de grandes janelas de vidro e portas muito brancas.

A solidão caiu sobre ela já nas primeiras semanas depois da mudança. Ela não conhecia absolutamente nenhum de seus vizinhos, então não havia como ser apresentada a ninguém. Todo mundo era "novo", e a novidade tem um efeito muito peculiar sobre as pessoas. Quase todos os inquilinos queriam parecer importantes. Os apartamentos em si eram muito recentes e a maioria dos ocupantes tinha vindo de lugares piores. Adah também decidiu fingir que era importante. Já era hora, ela disse a si mesma.

Numa de suas visitas semanais à Crescent, ela esbarrou em Whoopey. Whoopey lhe pareceu muito maltrapilha. Será que estava se largando, talvez por nunca ter saído da área da Crescent? Ou era porque Adah agora estava acostumada a ver homens e mulheres bem-vestidos no lugar novo e observou Whoopey com um outro olhar? Ela não sabia, mas o que sabia era que ela e seus filhos tinham deixado de usar roupas de brechó: isso não existia no Regent's Park. Ela tinha melhorado sua costura e começou a fazer as próprias roupas e das crianças. Pelo menos as roupas eram novas e limpas, apesar de algumas não serem muito elegantes.

"Olá, senhora rainha", Whoopey chamou Adah. "Você se veste como a rainha da Crescent. Recebeu uma fortuna ou ganhou nas apostas? Nossa, você está diferente. Mudou bastante". Whoopey estava começando a gritar de animação.

Adah também estava animada e abraçou Whoopey como uma irmã.

"Você também está diferente, Whoopey, mas, Jesus, como estou feliz de ver você. Seus filhos, eles estão bem?".

"Sim, estão bem. Sabe uma coisa, Terry está na escola, estudando enfermagem. Susan começa no próximo semestre".

"Que bom, então tem todo o tempo do mundo agora, mas, cá entre nós, imagino que longe do residencial e sem Carol o tempo deve só se arrastar. Eu não tenho ninguém com quem conversar, exceto as crianças. É bom, mas solitário nas caixas de fósforos".

"Sim, eu sei", concordou Whoopey. "É ainda pior para mim, porque é a primeira vez que moro longe da minha mãe. Sinto falta dela, apesar de nos visitar várias vezes por semana. Ainda assim, sinto falta".

"Mas eu não gostaria de voltar para o residencial. Gosto de onde estou agora. É, *sim*, caro e solitário, mas ainda gosto mais do que no residencial".

"As pessoas se acostumam rápido com novos lugares, eu acho".

As pessoas fazendo compras empurravam e se acotovelavam enquanto elas conversavam de pé. De repente, Whoopey perguntou a Adah se tinha notado alguma coisa diferente nela. Adah, diplomaticamente evitando o assunto de seu vestido, respondeu que não tinha.

"Preste atenção, tolinha", exigiu Whoopey. Adah ainda não entendia o que Whoopey estava tentando dizer.

"Posso ver que está louca para me contar alguma coisa. Por favor, conte. Sou péssima com adivinhações".

"Não é adivinhação", Whoopey riu. "É só que eu encontrei um homem, semana passada, eu percebi que engravidei no mesmo mês que saímos do residencial. Estou tão feliz e tenho certeza de que o rapaz vai me pedir em casamento em breve".

"Ah, Whoopey, fico tão feliz por você. Mas esse rapaz, como você conheceu tão rápido e quando ele vai se casar com você?", Adah sabia que estava fazendo perguntas perigosas que não tinha o direito de perguntar. Mas ela estava chocada com a notícia de que Whoopey não tinha aprendido a lição e que haveria ainda

mais um bebê para sua mãe se preocupar. Assim que se livrara de sua família, ela engravidara. Ainda assim, ela não podia dizer a Whoopey como viver a vida. "O rapaz é um da sua gente. Ele veio estudar e está num apartamento ao lado do meu. Eu tinha que conhecer ele, sabe. Uma noite fiquei sem fósforos e fui bater na porta dele. Ele me deu uma grande caixa de fósforos e desde então nos tornamos muito bons amigos".
Adah ficou pasma, sem saber o que pensar dessa história. Ela conhecia sua gente. O homem provavelmente só estava solitário, como Whoopey, mas daí a realmente considerar um casamento com uma garota com dois filhos estava fora de cogitação. Como ela poderia dizer a Whoopey que ia se machucar? Como poderia ajudar? Não podia fazer nada além de continuar escutando e desejando sorte. Whoopey tinha tanta certeza sobre esse rapaz que Adah não conseguiria estragar ou diminuir sua alegria. Em vez disso, mudou de assunto.
"O que a sua mãe disse?".
"Não contei para ela, mas ontem vi Carol e contei. Ela ficou muito feliz por mim. Muito contente. O rapaz, o nome ele é Jako, tem muitos livros, um grande rádio com toca-discos e televisão com a BBC 2. Ele gosta de crianças, então de noite todos vamos para o apartamento dele para ver televisão. As crianças adoram. Quando ele terminar os estudos, ele vai ser o contador de toda a sua gente".
Adah não duvidou da fé de Whoopey, apesar de, no fundo, saber que ela acabaria magoada. Mas por que privá-la de sua pequena alegria, mesmo que durasse pouco?
Esse dia era um sábado. Os sábados eram sempre cheios na Crescent. Havia muitas lojas indianas vendendo comida africana, e isso atraía um grande número de africanos ao mercado da Crescent. O mercado já fora o centro de uma área pobre da classe trabalhadora. Mas propriedades modernas de habitação tinham surgido ao redor como cogumelos; as pessoas se misturavam, ricas e pobres, e não havia como saber quem era quem.
O barulho, a algazarra e o movimento eram como os de pás-

saros num aviário. As pessoas gritavam e esbarravam umas nas outras, discutindo e reclamando dos preços que subiam, enchendo o ar com conversas aos berros. As crianças com as bocas e os dedos achocolatados seguiam os passos das mães, que levavam carrinhos de compras lotados e transbordantes de comidas em oferta. Africanos, paquistaneses e gente das Índias Ocidentais compravam ao lado de bem-sucedidos judeus, americanos e ingleses de Highgate, Hampstead, Swiss Cottage e outros lugares igualmente estranhos.

Outra de suas antigas vizinhas, a senhora Cook, abordou-as pelas costas; ela era jamaicana. A senhora Cook congelou quando viu Whoopey. "Você está se adaptando bem?", ela perguntou à guisa de cumprimento conforme se aproximava, separando-se do mar de pessoas disformes.

"Sim, obrigada, e você?", perguntou Whoopey sem pensar. Adah se virou para ver quem era.

"Ah, é você", disse a senhora Cook. "E como está a sua nova casa?", ela queria saber, mas estava obviamente apressada demais para esperar por uma resposta. Ela sentiu que Adah ia dizer que gostava do novo apartamento, então continuou "eu não gostei do meu. Vamos nos mudar muito em breve, na semana que vem. Vamos para Holloway".

"Mas por que para Holloway, gosta mais de lá?", Adah perguntou; a curiosidade dela fora atiçada e ela estava sem querer demonstrando sua reprovação. "Mudar de um apartamento para outro pode ser tão caro. Vou precisar de mais de um ano para me recuperar dos custos da minha mudança. Por que eles vão fazer vocês se mudarem duas vezes em tão pouco tempo?".

A senhora Cook percebeu que a conversa seria mais que uma mera troca de cumprimentos, então largou as sacolas, suspirou e disse: "Bom, entende, quando nos mudamos disseram que estavam nos dando uma casa que custaria apenas seis libras por semana, então decidimos aceitar mesmo sendo quase o dobro da quantia que pagávamos no residencial. Eu voltei a trabalhar para poder pagar a diferença. Mais tarde, querida, eles mandaram outro formulário, e nós preenchemos. Sabe quanto nos pediram para pagar por semana? Bom, eles pediram nove libras! Nove libras por semana! Isso significava pagar mais em aluguel do que aquilo que nós sete gastamos em comida. Não valia a pena. Considerando toda a maldita confusão no residencial, voltamos ao ponto de partida, não é mesmo? Encontramos um apartamento de dois quartos no Holloway por quatro libras. O prédio não é novo, mas podemos nos virar. As crianças vão dormir num quarto, e meu marido e eu vamos dormir no outro. Cozinhamos na sala. Não é ruim. Afinal, esse não é nosso país, e não quero gastar toda a minha renda aqui. Caso contrário, o que vou poder levar para meus pais na Jamaica?".

"O Conselho conseguiu esse lugar novo para vocês?", Adah perguntou depois de uma pausa.

"Não, decidimos fazer sem eles. Nós mesmos conseguimos. Eles só conseguem ajudar pessoas que têm dinheiro, não pessoas como nós".

Adah entendeu, balançando a cabeça em solidariedade, e Whoopey ficou pasma, incapaz de compreender os motivos da senhora Cook.

"Queria que pudéssemos voltar para o residencial", suspirou a senhora Cook ao agarrar o cesto com cebolas e bananas. "Vamos morar em Holloway por um longo tempo. Por favor se cuidem e cuidem das crianças". Ela se afastou, com o casaco marrom desabotoado balançando entre a multidão.

"Ela é idiota", julgou Whoopey. "Por que desistir de uma casa inteira por uma de dois quartos só para economizar uns trocados? Nunca vou fazer algo assim, deixando cinco crianças dos dois sexos dormirem juntas em um quarto. Sei que ainda são muito jovens, todos com menos de dez, mas mesmo assim não vão crescer direito". Whoopey sabia das coisas. Ela gostava de dinheiro tanto quanto qualquer um, mas ela o adorava pelo que ele podia comprar, não por si mesmo.

Adah concordava com as duas mulheres pois ela sabia que Whoopey não se dava conta de que a senhora Cook estaria economizando cinco libras por semana ao morar no Holloway. Cinco libras por semana somavam uma grande poupança.

"Eu não entendo", Whoopey continuou veementemente. "Por que se privar de viver só para economizar para o futuro? Se viver bem agora, pode haver algum futuro para você!". A voz de Whoopey tremeu, ela estava se envolvendo emocionalmente; a gravidez estava causando seu efeito psicológico e ela estava prestes a explodir em lágrimas. Adah, preocupada, tentou consolá-la, lembrando-a de que a decisão era só da senhora Cook e como a vida era dela, Whoopey não devia se preocupar muito. A senhora Cook provavelmente estava mais feliz com a certeza de estar economizando bastante dinheiro.

O tempo estava ótimo, fresco e sem muito vento, o tipo ideal de clima para uma boa e longa conversa.

"É por isso que gosto de Jako", Whoopey estava dizendo. "Ele mora num apartamento de um quarto totalmente sozinho; sabe, um desses tipos novos de apartamento com uma cozinha separada. E sabe de uma coisa, se ele me chamasse para ir ao país dele, eu iria com certeza". Whoopey tagarelou com seu habitual otimismo displicente, e como Adah não queria desanimá-la, acabou concordando, enquanto mentalmente amaldiçoava todos os homens africanos por tratarem as mulheres do jeito que tratam.

As portas de um bar do outro lado da rua se abriram. Um grupo de clientes brancos e negros cambaleou para fora. Um cuspiu. Outro observou as duas mulheres fofocando. Os mais escuros discutiam com os amigos descabelados. Havia algo muito masculino naqueles homens, sua rudeza talvez. O cheiro do bar era simultaneamente de urina e álcool, e as senhoras e os cavaleiros do outro lado da rua não faziam nada para amenizar o fedor de banheiro.

"Olá, irmã", disse um dos homens negros para Adah. Ela riu e cumprimentou de volta. Ela tinha aprendido com a experiência a nunca rejeitar homens da sua própria raça; eles eram mais sensíveis que os outros. Até os garis da rua sempre a cumprimentavam e ela respondia com um simpático "olá, irmão". Ela não sabia por que tinha essa atitude na Inglaterra; em casa ela os ignoraria, mas aqui ela sentia que um homem negro trabalhando na rua ou na companhia de amigos brancos precisava de um apoio moral. Whoopey perguntou se ela conhecia os homens e ela disse que não. Whoopey torceu e mordeu os lábios, confusa.

"Você precisa vir me visitar alguma hora", Adah convidou.

"Sim, eu gostaria, mas você está sempre fora, não está?".

Leia mais Buchi Emecheta

AS ALEGRIAS DA MATERNIDADE

Nnu Ego, filha de um grande líder africano, é enviada como esposa para um homem na capital da Nigéria. Determinada a realizar o sonho de ser mãe e, assim, tornar-se uma "mulher completa", submete-se a condições de vida precárias e enfrenta praticamente sozinha a tarefa de educar e sustentar os filhos. Entre a lavoura e a cidade, entre as tradições dos igbos e a influência dos colonizadores, ela luta pela integridade da família e pela manutenção dos valores de seu povo.

"Eu amo esse livro por sua vivaz inteligência e por um certo tipo de compreensão honesta, viva e íntima da classe trabalhadora na Nigéria colonial."
Chimamanda Adichie

CIDADÃ DE SEGUNDA CLASSE

Na Nigéria dos anos 60, Adah precisa lutar contra todo tipo de opressão cultural que recai sobre as mulheres. Nesse cenário, a estratégia para conquistar uma vida mais independente para si e seus filhos é a imigração para Londres. O que ela não esperava era encontrar, em um país visto por muitos nigerianos como uma espécie de terra prometida, novos obstáculos tão desafiadores quanto os da terra natal. Além do racismo e da xenofobia que Adah até então não sabia existir, ela se depara com uma recepção nada acolhedora de seus próprios compatriotas, enfrenta a dominação do marido e a violência doméstica e aprende que, dos cidadãos de segunda classe, espera-se apenas submissão.

"A prosa de Emecheta tem o brilho da originalidade, da língua sendo reinventada... Questões de sobrevivência estão no âmago de seu trabalho e dão peso às suas histórias."

John Updike

PREÇO DE NOIVA

Aku-nna é uma jovem igbo que vê a vida ruir após a morte do pai. Junto com a mãe e o irmão, ela precisa deixar a capital, Lagos, e retornar ao povoado rural de Ibuza, onde vai enfrentar as angústias da adolescência e as rígidas tradições patriarcais do seu povo. Lá, ela se apaixona por Chike, filho de família próspera, mas com antepassados que foram escravizados, e esse amor é considerado uma afronta à cultura dos igbos. Só que o casal está disposto a tudo para ficar junto, mesmo sabendo que esse caminho pode levar à tragédia.

"O choque das culturas cristã e africana, de gerações, de devoções antigas e modernas, e de costumes de grupo e a vontade individual são todos vividamente retratados neste romance puro, fluido e envolvente."

The New Yorker

Descubra a sua próxima
leitura na nossa loja online

dublinense.COM.BR

Composto em MINION e impresso na
PALLOTTI, em LUX CREAM 70g/m², no VERÃO de 2025.